Maisey Yates

Sinfonía de seducción

HARLEQUIN™

Editado por HARLEQUIN IBÉRICA, S.A.
Núñez de Balboa, 56
28001 Madrid

SINFONÍA DE SEDUCCIÓN, N.º 2227 - 24.4.13
Título original: Girl on a Diamond Pedestal
Publicada originalmente por Mills & Boon®, Ltd., Londres.

I.S.B.N.: 978-84-687-2727-1
Depósito legal: M-2872-2013
Editor responsable: Luis Pugni
Fotomecánica: M.T. Color & Diseño, S.L. Las Rozas (Madrid)
Impresión en Black print CPI (Barcelona)
Fecha impresion para Argentina: 21.10.13
Distribuidor exclusivo para España: LOGISTA
Distribuidor para México: CODIPLYRSA
Distribuidores para Argentina: interior, BERTRAN, S.A.C. Vélez Sársfield, 1950. Cap. Fed./ Buenos Aires y Gran Buenos Aires, VACCARO SÁNCHEZ y Cía, S.A.

A mi madre, Peggy, por animarme siempre a que fuese, sencillamente, yo misma.

Además, muchas gracias a Robyn, Gabby y Nicola por asesorarme con las expresiones australianas.

Capítulo 1

BIRCH Manor era lo único que le quedaba. Todo lo demás había desaparecido; su madre, su profesor de piano, sus admiradores... Solo tenía su casa. Al menos, hasta que se la quedara el banco. Noelle suspiró y miró por la ventana. Se le encogió el estómago cuando el reluciente coche negro cruzó la verja de hierro, recorrió el camino circular y se detuvo delante de la mansión. Se apartó de la ventana y esperó que el visitante no hubiera visto el movimiento de las cortinas. Era muy triste verse reducida a eso, a esperar que ese financiero le valorara el inmueble, a que la desahuciaran. No tenía ni idea de adónde podría ir.

La semana anterior le había llegado un cheque con una nota manuscrita que le informaba de que sería el último que recibiría como pago de derechos de autor en un futuro más o menos próximo. La compañía ya no iba a vender sus discos y las grandes páginas web habían retirado varios de sus discos digitales. Nadie quería su música. La verdad era que los derechos de autor tampoco habían sido gran cosa en el último año, lo justo para pagarse un café con nata de vez en cuando. Ya, ni siquiera iba a recibir eso. De repente, le apeteció tanto esa bebida caliente y espumosa que creyó que iba a llorar. Era un caso muy triste. Daría una fiesta para compadecerse de sí misma si creyera que iba a ir alguien. Quizá fuese alguien del banco si hubiera algo que embargar. Se rio en el enorme y vacío vestíbulo, se alisó la falda y se puso delante de la puerta. En realidad, no sabía muy bien por qué se molestaba en hacer de anfitriona. Era un acto reflejo y su madre lo habría esperado de ella, lo habría exigido. Naturalmente, su madre no estaba allí.

Tomó aliento y agarró el picaporte mientras esperaba a que llamaran. Abrió la puerta en cuanto sonó el timbre. Sintió un torbellino en las entrañas al ver al hombre que tenía delante.

Era alto, con las espaldas muy anchas y llevaba un traje que no era el que llevaría un empleado de banca cualquiera, sino que estaba hecho a medida para resaltar su impresionante físico. Esbozó una sonrisa, no una sonrisa cálida, pero sí una que le llegó hasta la punta de los pies. Tenía los ojos de color chocolate, pero sin su dulzura.

–Señorita Birch...

También tenía una voz bonita. Podría haber sido nasal o algo parecido, pero no, era grave, ronca y con un acento australiano irresistiblemente sexy.

–Sí. ¿Es usted...? –a media frase decidió ser más enérgica–. Usted es alguien del banco.

Él entró mirándoles, a ella y a la casa, con cierto desdén.

–No exactamente.

–Entonces, ¿quién es usted?

–Vengo en lugar del tasador. Estoy interesado en hacerle una oferta.

–Van a embargar los bienes hipotecados.

–Lo sé. Estoy pensando en comprarla antes de que la subasten. Tengo que verla y decirle al banco cuánto estoy dispuesto a pagar por ella.

–¿De verdad? ¿Por qué no se me habrá ocurrido? Les habría dado... creo que tengo cinco dólares en el bolso. ¿Cree que se habrían conformado?

–Me extrañaría.

Él contestó con fastidio. ¿Por qué estaba fastidiado? Ella no se había metido en su casa un sábado a primera hora de la mañana. Era ella quien debería estar fastidiada.

–Es una pena –replicó ella intentando mantener un tono desenfadado.

–Por lo que he visto en la información sobre su crédito, lleva meses siendo morosa.

Detestaba que la llamaran morosa. Como si fuese una delincuente por no tener dinero, como si creyeran que no pagaría la hipoteca si el saldo de su cuenta superara las dos cifras.

–Sé por qué ha venido o, al menos, sé por qué el banco se ha quedado con mi casa. No hace falta que me lo cuente usted.

–Perfecto, porque no he venido a contárselo.

–Efectivamente. Ha venido para comprobar si quiere mudarse a mi casa incluso antes de que el banco me haya echado a la calle –le espetó ella.

Hacía un año no habría hablado a nadie así. Habría sonreído y habría sido cortés, pero era una pátina que había ido borrándose durante el año anterior. En ese momento, estaba enfadada, apaleada, como si estuviera muriéndose lentamente porque la vida iba quitándole sus apoyos.

Le habían enseñado a no mostrar nunca tensión o cansancio, a no dar motivos a la prensa sensacionalista para que hablara de ella. Sin embargo, el año anterior había sido un infierno, una sucesión interminable y constante de reveses. Algo la golpeaba cada vez que intentaba levantarse. Ese parecía ser el golpe definitivo. ¿Qué haría sin el último punto de contacto con todo lo que había sido? Con todo lo que no volvería a ser jamás.

–Te equivocas en eso, Noelle –replicó él.

La miraba fijamente a los ojos y sintió como si pudiera ver dentro de ella, como si pudiera atravesar el barniz y ver el embrollo que había detrás. Ella quería ocultarse de él y de todo.

¿Acaso no era eso lo que había hecho durante más de un año? Sí. Había intentado sobrevivir sin llamar la atención de los medios de comunicación. Estaba demasiado derrotada para intentar seguir la pista de su madre. Como le había indicado el abogado que no pudo contratar, todo el dinero estaba a nombre de su madre y la batalla habría sido larga y cara, habría acabado con toda la fortuna que intentaba recuperar. Además, si no ganaba, habría supuesto una deuda que nunca habría podido saldar. Todo parecía atrozmente inútil.

–Entonces, acláremelo, señor...

–Grey. Ethan Grey.

Él le tendió la mano. Ella se la estrechó y sintió la calidez, la excesiva calidez, de sus dedos.

Ethan sintió un destello de atracción, de deseo en estado puro, en cuanto tocó la delicada piel de Noelle. Repasó mentalmente toda la letanía de sus juramentos favoritos. Hacía mucho tiempo que no se excitaba por estrechar la mano de una mujer... y menos de esa mujer. ¿Sería algo genético? Lo desechó rotundamente. Nunca usaría esa excusa. Si hacía algo mal, era porque lo había querido y era lo bastante hombre como para reconocerlo. Al revés que Damien Grey, su padre, quien no fue un ejemplo en ese sentido.

Efectivamente, era hermosa, pero de aspecto frágil, con un cuerpo delicado y una piel muy clara, como si no saliese al exterior lo suficiente. Todo era claro en ella. Tenía el pelo rubio platino y unos grandes ojos de color azul turquesa con unas pestañas muy tupidas. Era como una muñeca de porcelana que podía romperse si se la agarraba con brusquedad. El pintalabios rojo intenso seguramente intentaba darle algo de color, pero solo resaltaba su palidez, lo fatigada que estaba y las ojeras que tenía debajo de los luminosos ojos. Aun así, era cautivadora. Su belleza parecía casi de otro mundo. Le recordaba muchísimo a su madre, a la madre de ella. Tenía su mismo atractivo frío y contenido que hacía que todos los hombres anhelaran ver lo que había detrás de tanto dominio de sí misma. Era el tipo de mujer que conseguía que los hombres le suplicaran estar en su presencia. Ella tenía todo eso y, además, un aire de vulnerabilidad que no tenía su madre y que era un atractivo más. Hacía que un hombre quisiera no solo poseerla, sino también protegerla.

–Encantada de conocerlo –murmuró ella retirando la mano.

Él se alegró de dejar de sentir su contacto.

–No creo que lo digas sinceramente.

Ella sonrió, pero la sonrisa no se reflejó en los ojos.

–Tiene razón, pero soy demasiado educada para decir otra cosa.

–Entonces, me alegro de que tengas esos modales –comentó él con ironía.

–¿Por qué dice que me equivoco, señor Grey?

–No tengo pensado mudarme a tu casa.

–¿No? –preguntó ella arqueando una ceja.

–No. Pienso ampliar la casa para hacer un hotel.

–¿Qué?

Era pequeña, como treinta centímetros más baja que él, que medía un metro y noventa centímetros, pero su presencia no tenía nada de pequeña. A pesar de su palidez y de su aspecto maltrecho, irradiaba una especie de energía que atraía todas las miradas. Otro parecido con su madre. Al menos, con lo que recordaba de ella. Era pequeño cuando la veía junto a la verja de la casa de su infancia y su padre se escabullía para estar con ella como un adolescente, para dejar a su esposa y su hijo y entregarse a su pasión prohibida. Apretó los puños e hizo un esfuerzo para volver al presente. Había dejado atrás el pasado, muy atrás. No podía pensar en otra cosa cuando tenía delante la clave de su plan.

–¿Cómo puede hacerlo? –preguntó ella sin esperar a que él hubiese contestado–. Esta casa tiene doscientos años. Es... es una maravilla arquitectónica y... y es mi casa...

Él sabía que era la única casa que tenía a su nombre. No sabía muy bien qué había pasado con el ático de Manhattan ni con la casa de París. Cuando se enteró de que iban a embargar esos terrenos, actuó inmediatamente. Fue oportunista, no una acción meditada, pero supo que había acertado en cuanto entró en la casa. Era extraño lo que su madre y ella habían influido en su vida, aunque, al parecer, ella no tenía ni idea de quién era. No lo había reconocido ni al verlo ni al oír su nombre. Seguramente, estaría tan deslumbrada por su propio resplandor que no veía a nadie que no fuese ella misma.

–No voy a derribarla, Noelle, solo voy a ampliarla, quizá, a hacer una piscina.

Le molestaba que él hablara de cambiar la casa. Era evidente que estaba apegada a ella. Eso podría ser una ventaja para él.

–Bueno, no quiero participar en los planes para todo esto. Es posible que lo mejor sea que le deje echar una ojeada tranquilamente.

–No necesito echar ninguna ojeada. Lo tengo decidido. Es una buena inversión.

Los ojos de ella cambiaron otra vez de expresión. Reflejaban furia y angustia a la vez. Él, en cambio, no tenía ningún sentimiento, llevaba demasiados años manteniéndolos al margen para poder seguir adelante.

–Entonces, ¿puede comprarla sin más, sin plantearse

siquiera lo que podría suponer para su... para su presupuesto mensual o algo así?

Él se rio, pero solo fue un sonido que no expresó lo que la risa solía expresar.

–No, no es mi mayor preocupación.

Él pudo captar los sentimientos que se debatían en ella y que hacían que le temblara el cuerpo aunque la expresión de su rostro fuera firme. No era como se había imaginado que sería. Era mimada y con tendencia a ser una diva, pero también era fuerte. Estaba seguro de que debajo de la apariencia frágil y quebradiza había una estructura de acero. Lo cual, la hacía más interesante.

–¿Por qué es tan importante la casa?

Él esperaba que fuese importante, todo dependía de ello. Todo dependía de que ella aceptara su oferta. La venganza era dulce, pero ella le daría el toque amargo que él anhelaba, que necesitaba para quedarse satisfecho.

–¿Por qué? ¿Por qué cree usted? –preguntó ella quebrándosele la voz–. Es la única casa que tengo. Cuando se la quede el banco, yo no recibiré nada de dinero por la venta. No tengo nada, menos que nada. No tengo adónde ir.

–La mayoría de las mujeres solteras no viven en una mansión donde podrían vivir cómodamente otras diez familias.

Noelle hizo un esfuerzo para no derrumbarse y de mostrar debilidad. Le habían enseñado a mostrarse serena pasara lo que pasase. Si su madre la machacaba antes de una actuación y le decía que ya no era guapa y que tenía la culpa de que se hubieran vendido pocas entradas, ella, aun así, tenía que salir al escenario, tenía que transmitir sus sentimientos a través de los dedos para que llegaran al piano. Al parecer, sus sentimientos ya no se transmitían así. Cuando tocaba el piano, resultaba mecánico, sin nada aparte de destreza técnica.

–No se trata de bajar el nivel de vida, aunque eso me habría ayudado a pagar la factura de la electricidad –en realidad, solo encendía la chimenea de su dormitorio para no congelarse por la noche–. Es que no tengo nada –reconoció ella dominada por la vergüenza.

Él arqueó una ceja sin mostrar la más mínima preocupación ni interés sincero.

–¿Cómo es posible?

Ella no pensaba contarle su triste historia. Se había endurecido mucho durante el año anterior. Algunos días, había tenido que hacer un esfuerzo sobrehumano para levantarse de la cama, pero lo había hecho sin ningún apoyo. Pedir ayuda en ese momento habría ido contra su sentido de la independencia y del orgullo. Sin embargo, se encontraba sin techo y no estaba muy segura de que pudiera agarrarse al orgullo.

–Me he quedado sin nada. ¿No sabe lo que les pasa a las estrellas infantiles cuando sus padres les gestionan todo? Es una historia que los programas sobre el mundo del espectáculo cuentan muy a menudo.

Ya no era una niña y por eso había perdido interés para el público. Las salas de conciertos estaban medio vacías cuando antes las llenaba. Que una niña de nueve años tocara sus propias composiciones en un piano de cola era un espectáculo, era asombroso, pero que lo hiciera una mujer no sorprendía a nadie. Las salas vacías implicaban más presión, más ejercicios, más práctica. Algo fallaba y era culpa suya. Entonces, todo cesó. La música desapareció de su cabeza. Miraba un paisaje precioso o a la gente que paseaba por la acera y no oía nada. En otros momentos, todo tenía una banda musical en su cabeza, las melodías brotaban constantemente. En ese momento, todo era silencio.

–Se quedaron con todo –comentó él.

–Mi madre se quedó con todo.

Esa traición todavía la desgarraba por dentro. Él reaccionó levemente y sus ojos oscuros reflejaron cierto asombro.

–¿Y ha desaparecido con todo?

–Todo está a su nombre –contestó ella–. Gané casi todo el dinero antes de cumplir dieciocho años y después no me molesté en cambiar nada. ¿Por qué iba a hacerlo? Ella siempre había administrado mi dinero y confiaba en ella. No tengo un contrato que diga que algo debería ser mío o que yo gané el dinero. Por eso, he acabado sin tener nada –miró al techo–. Bueno, esta casa está a mi nombre, ¡qué bien!

La única persona que sabía lo de su madre era el abogado con el que había hablado. No había sido capaz de contarle a nadie que su madre le hubiese hecho eso. Su profesor de piano había dejado de darle clase y sus amigos, la gente con la que hacía giras de vez en cuando, seguían ocupados con la música. Estaba sola en una casa vacía y con facturas que nunca podría pagar. Había intentado trazar un plan o encontrar alguna solución hasta hacía poco, pero ya estaba hundiéndose y sabía que se ahogaría antes de que llegara alguna ayuda.

Ethan sabía que no debería extrañarle que su madre la hubiera traicionado de esa manera. A un bicho como ella no le importaba hacer daño a cualquiera. No le había importado lo más mínimo el daño que le hizo a su madre. Sin embargo, por mucho que odiara a la madre de Noelle, era el padre de él, Damien, quien tenía que pagar por los pecados del pasado y Noelle era la indicada para conseguirlo. No hizo caso a la ligera punzada de conciencia que sintió en el pecho. Noelle iba a conseguir lo que necesitaba y él iba a conseguir exactamente lo que quería. Todos saldrían ganando. Excepto su padre.

–¿Volverás a salir pronto de gira? –preguntó él.

Noelle había estado de gira desde que era una niña. Él no había ido a verla, pero había visto su nombre en las noticias muchas veces. Había tocado en el Carnegie Hall y para la reina de Inglaterra. Era famosa y lo fue durante once años por lo menos. Sin embargo, al parecer, se había quedado sin nada.

–Ya no voy de gira –contestó ella–. Mi casa discográfica me abandonó porque ya no podía llenar las salas, mi publicista me abandonó, mi agente... En fin, ya no toco música.

Bajó la mirada. Tenía los pómulos muy marcados, tenía aspecto de comer mal y poco. No podía imaginarse que fuera a rechazar su oferta cuando la necesitaba tanto. Estuvo tentado de hacérsela en ese momento, pero era demasiado pronto. Era un maestro negociando y al día siguiente pondría en marcha la negociación más importante de su vida. No iba a estropearla por ser impaciente.

–Ven mañana a mi despacho. Mandaré un coche a recogerte a mediodía.

–¿Para qué? ¿Para comentar en qué parte de mi jardín de rosas va a meter la piscina?

–No exactamente.

No pensaba hacer un hotel en su casa, ni siquiera iba a comprarla. Un hotel allí le daría dinero con toda certeza, pero ese dinero no sería nada comparado con la satisfacción de vengarse de su padre. Noelle y su casa eran la clave de esa venganza.

Capítulo 2

EL EDIFICIO de oficinas de Ethan era cálido. Noelle lo notó mientras cruzaba el vestíbulo de mármol para dirigirse al ascensor. Hasta el ascensor era lujoso y ella añoraba el lujo, los hoteles maravillosos con vistas impresionantes y sábanas de lino. El calor y la comida que no fuesen fideos con verduras congeladas... los auditorios llenos y los aplausos dirigidos solo a ella.

–Eres patética –dijo en el ascensor vacío.

Lo era, pero no por eso dejaba de añorarlo. Su vida no había sido fácil. Algunas veces había deseado no tener que aguantar la fama, los ejercicios repetitivos, la voz chillona de su madre o la voz seria de su profesor. Sin embargo, en ese momento, tenía que afrontar una cruda realidad que nunca había conocido. Tomó aliento cuando se paró el ascensor y notó que le temblaban las manos como si fuese a salir al escenario. La descarga de adrenalina era adictiva y era una de las cosas que echaba de menos de su vida de concertista de piano. Sin embargo, aquello era distinto. La adrenalina estaba teñida de una sensación cálida y dulce que hacía que le palpitaran partes del cuerpo en las que nunca había pensado. Apretó los dientes y volvió a tomar aliento. Tenía que concentrarse. Salió del ascensor y le dio su nombre a un hombre que estaba sentado detrás de un mostrador. Mientras él lo comprobaba en el ordenador, ella repasó nota a nota una de sus obras favoritas, no de ella, sino de Mozart. Se imaginó sus dedos volando por el teclado sin esfuerzo, con alegría. Era algo que hacía siempre antes de una actuación para recordarse que estaba muy bien preparada y que no se equivocaría.

–Por aquella puerta, señorita Birch –le indicó el recepcionista con una sonrisa.

–Gracias.

Se dirigió hacia la puerta con la música en la cabeza. Intentó serenar la respiración y mantenerla al ritmo de la obra. Suave, sin precipitarse. Abrió la puerta y las notas musicales salieron volando de su cabeza como una bandada de pájaros asustados. No estaba preparada para esa reunión y no podía fingir lo contrario. Ethan era más aterrador que un teatro lleno con tres mil personas y tenía una expresión más implacable que la del día anterior en su casa.

–Buenos días –la saludó él.

Luego, se puso las manos detrás de la cabeza, fue un gesto tan despreocupado que le pareció enloquecedor. No era justo que no estuviera tenso cuando a ella le flaqueaban las rodillas.

–Buenos días. He venido a esta reunión tan misteriosa...

–Siéntate –le pidió él señalándole el asiento que tenía enfrente.

–No.

No estaba dispuesta a sentarse como si fuese una niña a la que iba a regañar el director del colegio. Ser dócil y sumisa no daba resultados, no conseguía que la gente no la abandonara. Solo servía para que la manipularan más fácilmente y había comprobado que toda su vida la habían manipulado a conciencia. Esa había sido una consecuencia positiva de la bomba que había explotado en medio de su existencia. Ya no iban a aprovecharse de ella nunca más. Una lección amarga que había aprendido por las malas, pero la había aprendido.

En realidad, era más fuerte sin su jaula dorada aunque no siempre se lo sintiera.

Él esbozó una ligera sonrisa que a ella no le gustó porque no era una sonrisa afable, era otra cosa, una expresión superficial que ocultaba algo sombrío.

–¿No...?

–Prefiero quedarme de pie –contestó ella lacónicamente.

–Como quieras.

Se levantó él y ella se sintió una enana. Era como treinta centímetros más alto que ella y muy ancho. Además, parecía como si su presencia llenara la habitación. Era lo que hacía que la gente se rompiera el cuello para mirarlo por la calle. Era un atractivo sexual disparatado o algo así. Ella estiró el cuello y se puso muy recta, pero no sirvió de nada.

–Diría que se trata de negocios, que no es algo personal, pero sería mentira –siguió él.

–¿Sería mentira...? –preguntó ella tragando saliva.

–Sí. No necesito el dinero que ganaría convirtiendo tu casa en un hotel. No necesito el dinero que ganaría al quedarme la empresa familiar Grey's, pero tampoco quiero que él la tenga y ahí es donde entras tú.

–¿Yo?

–Fue una afortunada casualidad que viera que iban a embargar tu casa. Pensé que podía ayudarte... a cambio de algo.

–¿De algo?

–No hay nada gratis... En tu caso, una mansión a una distancia muy aceptable de la ciudad.

–Tiene que saber que yo no puedo darle nada.

Ella sintió que se le ponían los pelos de punta. Tenía que saber que ella no tenía dinero y eso significaba que quería otra cosa. Lo cual, no podía ser nada bueno.

–¿Nunca has oído mi nombre? –preguntó él.

–No. ¿Debería haberlo oído?

–Yo sé el tuyo y no solo porque seas famosa. Mejor dicho, sé el nombre de tu madre.

–¿Por qué?

–¿Te suena el nombre de Damien Grey?

–Yo...

Noelle estuvo a punto de contestar que no, pero el nombre de pila le sonaba mucho, aunque no el apellido.

–Sí, bueno, me suena Damien. Aunque puede ser un Damien distinto.

–Apostaría a que no. Damien Grey es mi padre y fue el amante de tu madre durante unos años.

Era una revelación que no debería haberle extrañado. Nunca creyó que su madre hubiese estado tomando el té mientras ella se quedaba sola en las suites de los hoteles antes de las actuaciones, pero tampoco se había imaginado eso. Sin embargo, recordaba que su madre había hablado de Damien, de haberlo conocido, de haber estado con él. Tendría unos ocho años cuando aquello empezó y creyó que era otra relación.

–Siempre pensé que se dedicaba a la música –explicó ella dándose cuenta de lo tonta que parecía–. Sin embargo, ¿qué tiene que ver conmigo? ¿Acaso quiere alargar la tortura que fue el año pasado? ¿Quiere darme el golpe de gracia porque todavía no estoy muerta?

–Tengo algo que proponerte.

Ella lo miró fijamente y reunió toda la fuerza que había acumulado durante el año anterior.

–Si pretende que ocupe en su vida el puesto que ocupó mi madre en la de su padre, puede meterse la propuesta...

–Me gustaría que fueses mi esposa.

Ella retrocedió un paso y se atragantó. Tosió varias veces mientras intentaba tomar aire.

–¿Estás bien?

Ethan se acercó, pero ella levantó una mano para detenerlo, cosa que él no hizo. Le puso una mano en la espalda. Fue un contacto cálido y... reconfortante en un sentido extraño, como una conexión. Hacía mucho que no tenía una conexión así con alguien... si la había tenido alguna vez. Se aclaró la garganta y tomó aliento.

–Sí, ya estoy bien –contestó ella alejándose de él.

–¿Puedo ofrecerte algo?

La lista sería interminable, pero se acordó de lo que tanto había deseado el día anterior.

–Un café con nata...

Él asintió con la cabeza y fue al interfono que tenía en la mesa.

–Christophe, necesito un café con nata –miró a Noelle–. ¿Cómo te gusta?

–Con vainilla y nata montada.

Él se lo comunicó a Christophe y cortó la comunicación.

–Ahora te lo traerán.

Ella quiso llorar. Le pareció ridículo, pero no podía evitar el nudo de emoción que se le había formado en la garganta. Aunque intentó convencerse de que era porque se había atragantado.

–Gracias.

–¿Te repito mi oferta o volverá a darte un ataque?

–Me he atragantado. Aunque tampoco sería tan raro que me hubiese dado un ataque, ¿no?

–El matrimonio a cambio de la casa. No se la quedaría el banco, sería tuya.

Era una tentación enorme, como una manzana muy lustrosa y venenosa.

–¿Cuál es el truco? ¿Por qué yo?

–Me pareció que podía interesarte más que a una desconocida. Imagínate cuando te vea tu madre en las noticias, cuando vuelvas a lo más alto de mi brazo. La verdad es que necesito una esposa para quedarme la empresa. Si tú fueses esa esposa, si tú participaras para arrebatársela a mi padre, sería mucho más satisfactorio.

–Eso... Yo no lo sé. No sé si puedo participar en eso. Es...

–Lo diré de otra forma. Si te casas conmigo, solo nominalmente, y nos divorciamos cuando Grey's me pertenezca, te quedarás con la casa y todo lo demás te dará igual.

–¿Cómo va a darme igual? –preguntó ella.

–Eso depende de ti. Sin embargo, ¿cómo encajaría tu madre el verte en las revistas, el verte otra vez en lo más alto? Una vez en esos círculos, ella no podría seguir moviéndose en ellos porque podría llegar a saberse lo que te ha hecho. Es posible que no tengas el derecho legal, pero puedes marginarla de la sociedad y, si no recuerdo mal, eso le importaba mucho.

Noelle intentó pensar pese a lo acelerado que tenía el pulso.

–Efectivamente, le importa mucho.

–¿No te gustaría privarla en parte de eso?

Sí le gustaría. Toda su vida había sido el salvoconducto de su madre, le había dado la oportunidad de moverse en los círculos que siempre había soñado mientras ella trabajaba para mantenerla allí.

–¿Cómo puedo saber que puedo confiar en usted?

–¿Cómo puedes saber que puedes confiar en alguien? –replicó él.

Noelle pensó en su madre, en descubrir un día que el ático de Manhattan estaba vacío... como su cuenta en el banco.

–Supongo que no puede saberse.

–El tiempo, la relación entre madre e hija, el matrimonio... Nada puede garantizarte que conoces a alguien, pero no tienes nada que perder. Solo puedes salir ganando. No puedo quitarte nada.

Eso no era completamente cierto, pero ella tampoco pensaba decírselo por el momento.

–Sin embargo, sería... –ella intentó contener el rubor–. No sería un matrimonio... real...

–Sería una boda real, un matrimonio legal, pero nada más. Nada permanente ni físico.

–Ah...

Parecía sencillo y muy tentador. Era la ocasión de recuperar la casa y de que el banco dejara de llamarla y de mandarle notificaciones. La ocasión de demostrarle a su madre que no había ganado.

–Para que podamos conocernos mejor, te haré algunas preguntas y las contestarás sinceramente.

Noelle parpadeó. Estaba aturdida por el cambio de conversación.

–¿Va a hacerme una entrevista para el puesto?

–Cualquier empresario lo haría.

Noelle se movió con incomodidad por su mirada penetrante.

–Sé que no has estado casada –siguió él.

–No –confirmó ella.

–¿Hay algún hombre en tu vida? ¿Un amante o algo así?

Ella estuvo a punto de reírse. ¿Dónde habría podido meter a un amante? ¿En la maleta? Su madre no lo habría consentido jamás. Ella había encontrado tiempo para los hombres, pero nunca le habría permitido el mismo lujo a su hija, nunca habría permitido que dañara su imagen. En ese momento... Tampoco estaba dispuesta a llevar a un hombre a su casa vacía para contarle lo arruinada que estaba mientras tomaban un refresco barato.

–Por el momento, no –contestó ella con ironía.

–Perfecto. Tendrás que seguir así mientras nuestro trato esté en vigor. Por las apariencias...

–Creo que podré hacerlo.

–Fantástico –comentó él con una ligera sonrisa.

–¿Y conservaré la casa?

–Y algo más.

–¿Qué? –preguntó ella fastidiándole que se sintiera tentada.

–Te daré una asignación cuando nos divorciemos. Eso, además de la atención que te prestarán los medios de comunicación. Asisto a muchos actos y festejos y tú también asistirías.

Sintió una añoranza inmensa, como un vacío que quería llenar. Las fiestas, la gente, las cámaras, el lujo... Las cosas que habían desaparecido de su vida. Era un contacto con la niña que había sido y la ocasión de recuperarlo. Despreció esa parte de sí misma que no necesitaba, pero lo deseaba con toda su alma.

Llamaron suavemente a la puerta y entró Christophe con un café con nata, que le pareció algo maravilloso. Hacía semanas, meses quizá, que no compraba café ni para la cafetera de su casa.

–Gracias –murmuró Noelle mientras tomaba la taza entre las manos.

Christophe sonrió y se marchó inmediatamente. Ella dio un sorbo y se quedó espantada por las lágrimas que le nublaron la vista. Parpadeó y tragó el líquido cálido que le alivió el dolor del pecho. Bajó la taza y miró la nata que se arremolinaba encima del café. Tuvo algo parecido a un destello de clarividencia. Estaba ofreciéndole una escapatoria, una salida, una manera de demostrarle a su madre que no había ganado.

–Sería un matrimonio en el aspecto legal, no... algo permanente ni físico –repitió ella.

–Exactamente. Nadie, ni mi padre, tiene por qué saber los aspectos personales de nuestra relación. Sin embargo, es imprescindible que pasemos por al altar. Una vez estuve cerca, pero eso no basta para conseguir lo que quiero.

Ella intentó imaginarse la boda, nunca había pensado en eso. Había tocado en bodas de famosos y de la realeza, pero nunca había pensado en la suya. Había vivido y respirado para el piano. Tocaba, componía, repetía ejercicios... había soñado con música. Había sido su pasión y el sentido de su vida. Además, cuando flaqueaba, su madre estaba allí para cerciorarse de que no se disipaba ni un instante. Estuvo bien en cierto sentido. No tuvo una fantasía relacionada con una boda. Se sintió dominada por una especie de energía incontrolable. ¿Por qué no hacerlo? Sería parecido a cualquiera de sus actuaciones. Siempre había representado un personaje cuando estaba en el escenario. Era serena y delicada independientemente de lo que sintiera por dentro, aunque hubiese discutido con su madre o ella le hubiese dado una bofetada diez minutos antes de la actuación. Se ponía un poco más de maquillaje, sonreía y salía al escenario.

–Es un trato provisional, una oferta de trabajo, y te pagaría bien –añadió él.

–¿Y... y tendríamos que ir a fiestas y esas cosas?

Le avergonzó que eso le importara casi tanto como el dinero. Nada podía compararse a sentirse admirada otra vez. Hacía que se sintiera parte de algo, que era importante, que la querían.

–Sí –contestó él–. Tendríamos que aparentar un noviazgo, aunque sea fugaz.

–Cosas más raras se han visto, supongo.

–Mucho más raras.

–Como una madre que se escapa con todo lo que ha ganado su hija.

–Sí. O un padre que traiciona a su familia para estar con su amante.

Tenían la ocasión de subsanar eso en parte. Los habían manipulado y traicionado en cierto sentido. Los dos habían perdido cosas que habían ganado, que eran suyas, a manos de quienes se suponía que los querían. Se merecían recuperar esas cosas, se merecían ganar.

–Todo esto se redactará en un... en un contrato, ¿verdad?

Había aprendido dolorosamente que no podía confiar ni en su madre y no iba a confiar en un hombre al que acababa de conocer.

–Firmaremos un contrato prematrimonial. Naturalmente, no especificará los detalles porque no queremos que se conozcan. La casa será tuya en cuanto firmemos el certificado de matrimonio y el dinero después del divorcio.

–Lo tiene todo muy pensado.

–Lo voy pensando a medida que va surgiendo –él esbozó una sonrisa perversa–, pero siempre me han dicho que improviso muy bien.

–Efectivamente...

Ella improvisaba muy mal y todo el año anterior lo demostraba.

–Ya he empezado el papeleo con el banco para comprar la mansión. Te la cederé en cuanto nos declaren casados.

–¿Y el contrato prematrimonial?

–Mi abogado lo tendrá redactado mañana.

Ella se sintió mareada. Su vida llevaba mucho tiempo estancada, nada indicaba el paso de los meses salvo las cuotas de la hipoteca que le llegaban al buzón. De repente, todo estaba cambiando. Se sentía como si pudiera llegar a ver la luz al final del túnel.

–Muy bien.

Noelle se sentía como si viera la escena desde arriba, con un distanciamiento irreal, pero también le daba una extraña esperanza. Que le diera esperanzas casarse con un hombre al que no conocía decía mucho sobre su situación, desde luego.

–Entonces, hasta mañana –se despidió él.

–¿En su casa o en la mía? –preguntó ella intentando reírse.

–En la tuya, ya que es lo que nos ha unido –contestó él con un destello oscuro en los ojos.

Capítulo 3

ETHAN pudo oír la música en cuanto llegó a la puerta de la mansión. No era una canción. Eran escalas, unas cuantas notas que se repetían una y otra vez con una perfección metódica que no parecía música. No había asociado esa disciplina a ella. Se parecía tanto a su madre que le costaba pensar que sus personalidades no eran tan idénticas como sus físicos. Recordaba a Celine Birch envuelta en una nube de perfume y ropa vaporosa, elegante, frívola e, incluso, agradable. Tardó algún tiempo en darse cuenta de lo que era. Era la amante de su padre, nada más. La mujer a la que Damien Grey había amado más que a su familia, la mujer que ni siquiera se había molestado en ocultar a su esposa.

Apretó los dientes, levantó la mano y llamó a la puerta. El piano siguió sonando impasible. Abrió la puerta y siguió el sonido. Sus pisadas retumbaron en el suelo de mármol y llegó al salón. La lujosa lámpara de cristal que colgaba del techo estaba apagada y la única luz que había entraba por dos grandes ventanales. Noelle estaba tocando el piano con la mirada clavada en algún punto que tenía delante, no en sus dedos, que tocaban las notas una y otra vez. El pelo, iluminado por el sol, parecía de fuego dorado, como si fuese un halo. Se preguntó cómo era posible que alguien tan angelical pudiera hacer que le hirviera la sangre.

Ella levantó la mirada y la música cesó bruscamente.

–Ethan...

Se levantó y rodeó el resplandeciente piano de cola.

–¿He llegado pronto? –preguntó él, aunque sabía que era puntual.

–Yo... –ella miró alrededor como si buscara algo–. No tengo reloj aquí.

–¿Qué estás preparando?

–Nada –ella se pasó un mechón por detrás de la oreja–. Son ejercicios para mantener la técnica.

–¿Practicas todos los días?

–Sí.

–Creía que ya no te dedicabas a la música.

–No tengo nada que hacer –replicó ella encogiéndose de hombros.

Él se acercó al piano y pasó unos dedos por encima.

–No tengo piano en mi ático.

–¿Sabes tocarlo? –preguntó ella con el ceño fruncido.

–No –contestó él riéndose.

–Entonces, ¿por qué...? Ah...

–¿No pensarías que ibas a seguir viviendo aquí después de casados?

–La verdad... La verdad es que no había pensado en eso.

–Vivirás en una suite en el ático de uno de mis hoteles. Es lo mejor para que parezcamos una pareja de verdad.

–Claro.

–¿Algún inconveniente?

–No. Es que estoy acostumbrada a ir de un lado a otro.

Estaba tan acostumbrada que le había costado quedarse tanto tiempo en un sitio. El año anterior le había parecido más irreal que estar cada noche en una ciudad distinta.

–Creo que todo será de tu agrado.

–Fantástico –dijo ella mirando el piano.

–¿Lo necesitas en Manhattan?

–No... es complicado trasladar los pianos, no compensa.

–Te compraré uno nuevo y lo instalaré en tu suite.

Él lo dijo como si comprar un piano de cientos de miles de dólares no supusiera nada para él. A ella le pasó lo mismo durante un tiempo. Ella tenía una asignación que le daba su madre y que no quería para nada. Entonces tenían mucho dinero, dinero que había ganado ella y que, en realidad, nunca había sido suyo.

–No puedo pedirte que hagas eso.

–No tiene importancia, Noelle. Tú y yo estamos trabajando juntos y no sé por qué esta colaboración no iba a ser ventajosa para los dos.

–Supongo...

Ella frunció levemente el ceño. No sabía muy bien qué hacer con una oferta tan conveniente. Le parecía raro que él se preocupara de que tocara el piano, eso no le beneficiaba a él. Su madre, claro, siempre se había asegurado de que hubiese un piano en las suites de los hoteles donde se alojaban. No podía dejar de practicar ni una tarde y estar de gira no era una excusa.

Aparte, su madre se ocupaba de ir a las fiestas y de hablar con todo el mundo para que todo estuviera organizado, para que Noelle Birch, la empresa, estuviese organizada. Nunca se trataba de ella como persona. Ethan, sin embargo, parecía preocuparse por lo que ella quería, por lo que pudiera hacerle feliz. Era raro. Hacía que sintiera una calidez por dentro mayor incluso que la del café con nata. Eso le gustaba menos todavía que sus sonrisas perversas porque sabía que no podía fiarse de esos sentimientos, que no podía fiarse de quienes se portaban como si la quisieran.

–¿Tienes el contrato prematrimonial? –le preguntó ella.

–Sí.

Él sacó unos documentos del bolsillo interior de su chaqueta. Se los entregó y los dedos se rozaron. Estaban calientes, como en su despacho. Noelle los desplegó, los ojeó y el corazón se le aceleró cuando leyó lo relativo a los hijos y su custodia.

–Pero no necesitamos...

–Es un documento estándar. Es un matrimonio real hasta para mi abogado. Mi abuelo quería que tuviera estabilidad. La que no tuve de joven, me imagino. Naturalmente, creo que el matrimonio no proporciona esa estabilidad necesariamente. Puedes entender el motivo...

–¿No has intentado explicárselo?

–A mi abuelo no se le explican las cosas. No sirve de nada. Ya lo sabe todo. Además, no me importa seguir sus reglas... aunque solo sea por lo bien que me lo paso sorteándolas –añadió él con una sonrisa.

Ella siguió leyendo el contrato y abrió los ojos como platos cuando vio la asignación que le correspondería si se divorciaban, algo que ya habían planeado.

–¿Es suficiente? –preguntó él.

–Sí...

Era generosa. No tanto como para que no tuviera que volver a trabajar, pero suficiente para que no viviera en la penuria y si se añadía a la propiedad de la mansión, esa asignación era más que suficiente. Podría vender la mansión y mudarse a un piso más pequeño de la ciudad. Podría pagarse cafés con nata y cenar algo más que fideos precocinados. Era tanto que no podía negarse. Aunque toda la situación hacía que quisiera ducharse y restregarse el cuerpo para limpiarse esa capa de suciedad que notaba encima. Su madre, que se acostaba con el padre de él y hacía tanto daño a su familia... La idea de casarse con él solo para conservar la casa...

Podría parecer que casarse por dinero era como venderse, pero no era un matrimonio real. Además, ¿por qué no iba a venderse un poco? Todo el mundo se había preocupado de sí mismo y la había utilizado para situarse mejor en la vida. ¿Qué tenía de malo hacer algo en beneficio propio? Además, no estaba utilizando a Ethan, estaba ayudándolo. Estaban ayudándose.

–Una vez firmado, no podrás echarte atrás.

–No lo haré.

–Recuerda que puedes perder mucho más que yo.

–No podría olvidarlo aunque quisiera.

Noelle se mordió el labio inferior para intentar sofocar la sensación de desesperación que estaba adueñándose de ella y que ya le resultaba demasiado conocida.

–¿Tienes un bolígrafo? –le preguntó ella extendiendo una mano temblorosa.

–No tienes que firmarlo todavía. Ni siquiera hemos tramitado el matrimonio y tardaremos un poco. Tenemos que asentarnos como pareja para que mi abuelo se dé por satisfecho.

–Pero estoy dispuesta a firmar.

Estaba dispuesta a seguir adelante, a comprometerse al cien por cien.

–Perfecto –él recuperó los documentos y se los guardó otra vez–. ¿Estás dispuesta a acompañarme ya?

–¿Ya...?

–¿Por qué íbamos a esperar?

Ella miró alrededor, al último contacto con la vida que había tenido.

–No hay ningún motivo. Tardaré un poco en hacer el equipaje.

–Puedo esperar.

Era el tipo de lujo que le parecía como un sueño recordado a medias y consustancial a ella misma a la vez, que casi había olvidado y que añoraba. El día anterior lo recordó, con brusquedad, en el despacho de Ethan por la calidez y la elegancia que la rodeó como una manta muy confortable. En ese momento, en la amplia y diáfana suite, quería que Ethan se marchara y empezar a dar vueltas como la niña pequeña que nunca había sido.

–¿Te gusta? –le preguntó él.

Ella se dio la vuelta, esbozó una sonrisa forzada e intentó no hacer caso de la opresión que sentía en el pecho.

–Mucho.

–Puedo conseguir que te traigan el piano mañana, ¿te parece bien?

–Sí, claro.

También tendría un piano para acompañar a la increíble vista de Central Park... y dinero. Perfecto para tener principios y fingir que no pasaba nada... cuando se tenía. Cuando no se tenía, se daba uno cuenta de lo importante que era el dinero. No compraría la felicidad, pero pagaba la factura de la electricidad y compraba comida y ropa, cosas que a ella le hacían bastante feliz. La opresión del pecho aumentó y le costó respirar. Todo le parecía mal, pero no podía marcharse. Además, no estaba acostándose con él, eso sí sería censurable. Sin embargo, se sentía como si estuviera acostándose con él. ¿Acaso no se había vendido toda su vida? Siempre había sido una mercancía. Si la gente solo hubiese querido su música, no le habría importado que fuese adulta, que ya no fuese esa niña tan mona que tocaba un piano de cola inmenso. Eso era completamente distinto y no iba a acostarse con él. Sintió una oleada abrasadora al imaginárselo. No tenía ninguna experiencia con los hombres y aunque en teoría sabía todo lo relativo al sexo porque era curiosa y había leído mucho al respecto, nunca había tenido la ocasión de poner en práctica sus conocimientos. No había tenido tiempo y su madre habría...

Dejó de pensar en eso, ya le daba igual. Hubo un tiempo en el que quiso agradar a su madre, a su profesor y a sus admiradores más que cualquier otra cosa en el mundo, quiso ganarse su amor por tener talento y ser dócil, por dar todo lo que podía dar. En ese momento, le daba igual lo que pensara su madre de ella y, además, si se tenía en cuenta la vida personal de su madre, sería muy hipócrita por su parte que siquiera tuviese una opinión. Podría acostarse con Ethan si quisiera. No había nadie que le dijera lo que tenía que hacer y pensar. No tenía que ocultarse, no tenía que repetir los ejercicios todos los días ni apartarse de los hombres. Se estremeció levemente. Fue algo sensual y bochornoso. Sensual porque Ethan hacía que pensara... Bochornoso porque no iba a vender su cuerpo solo para fastidiar a su madre por mucho que la idea fuera tentadora.

Llamaron a la puerta y Ethan fue a abrirla. Ella se dio la vuelta rápidamente para verlo.

–¿Sí...?

–Señor Grey –le saludó un empleado del hotel que no llevaba uniforme–. Me he enterado de que ha venido y quería cerciorarme de que todo está...

–Todo está perfecto, Thomas.

Ethan se acercó a ella con un aire posesivo para indicarle al empleado cuál era la situación. Naturalmente, todo era una representación, pero la ejecutó tan bien como lo habría hecho ella.

–Noelle va a quedarse aquí durante un tiempo. Todo se cargará en mi cuenta. Comida, servicio y todo lo que quiera.

Ella no podía creerse que Ethan estuviera dándole carta blanca. Se recordó que todo era parte de la farsa.

Un hombre no podía parecer roñoso con su posible esposa o una... acompañante de lujo. Le daba igual lo que pensaran. Ethan acabaría casándose con ella y redimiría un poco su reputación. Naturalmente, su reputación volvería a caer por los suelos cuando se divorciaran, pero eso era lo que menos le preocupaba. En ese momento, no tenía reputación.

Ethan se acercó más, le rodeó la cintura con un brazo y le pasó levemente los dedos por encima de la ropa. Sin embargo, ella sintió como si le dejaran un rastro de ascuas. Intentó sofocar otro estremecimiento, pero no pudo. Estaba concentrando demasiada energía en mantener la cara inexpresiva, en que Thomas no se diera cuenta de que no era normal tener la mano de un hombre en la cintura.

–Sí, señor –Thomas asintió con la cabeza–. ¿Se quedará usted también? Lo pregunto para poder ofrecerle el mejor servicio.

Más bien, para poder fisgar. Ethan subió la mano hasta las costillas y sus dedos le rozaron por debajo del pecho. Ella se puso rígida, pero pudo contener la expresión de asombro.

–Llamaré al servicio de habitaciones por la mañana. Una vez descansado, me ocuparé de que se satisfagan mis necesidades mientras estoy aquí.

Noelle notó que la sangre le bullía en la cara y que el pulso se le aceleraba. Tomó aliento.

–Si no, lo haré yo –intervino ella.

Solo era un juego y no estaba dispuesta a quedar mal. No necesitaba tener experiencia sexual para representar su papel. Ethan le tomó la barbilla entre el pulgar y el índice y le levantó la cara para que lo mirara a los ojos.

–No lo dudo. Es más, creo que voy a necesitar pocas cosas del servicio de habitaciones.

El pulso le martilleaba en las sienes, pero no le hizo caso. En vez de apartarse de él, como le pedía el cuerpo a gritos, se acurrucó y le puso una mano en el pecho. Era musculoso y podía notar los contornos de su cuerpo debajo de la camisa y la chaqueta del traje. No tenía el cuerpo de un hombre que pasaba todo el tiempo detrás de la mesa de un despacho. Tenía el cuerpo de alguien que hacía ejercicio sin nada encima. ¿Nadaría? El agua sobre esa piel dorada y cautivadora, los músculos que se tensaban y relajaban mientras él avanzaba...

Se reprendió a sí misma por haberse dejado llevar por la fantasía. Naturalmente, esa pequeña farsa sexual le había hecho pensar en el sexo, pero no podía permitirse el recrearse con esos pensamientos. Bueno, sí podía permitírselo si quería, pero no quería. Ese asunto con Ethan era meramente comercial y el sexo y la fantasía no entraban en él. Tenía que tenerlo presente.

Apretó la mano con más fuerza contra su pecho para demostrarse que solo era un hombre, un cuerpo, una persona. Nada que pudiera excitarla.

–Yo me ocuparé de que tengas todo lo que necesites –añadió ella intentando dominar el temblor de la voz.

Thomas, el empleado fisgón, esbozó una sonrisa forzada.

–Perfecto, señor. Si todo es de su agrado...

–Sí, por el momento, todo está bien.

–Entonces, me retiraré.

Cuando se marchó, Noelle resopló e intentó soltarse del abrazo de Ethan sin desmayarse.

–Creo que la representación ha terminado –dijo ella entre dientes cuando él no la soltó.

–¿De verdad? –preguntó él soltándola–. Es una pena. Me ha gustado mucho.

–Ha sido apasionante –comentó ella con una sonrisa muy forzada para que él se diese cuenta de la ironía.

–Me sorprendes algunas veces.

–¿Sí...? –preguntó ella con los dientes muy apretados.

–El día que nos conocimos estabas... muy pálida.

–Estaba a punto de perder la casa y tú ya estabas haciendo cambios antes de haberme echado.

–Eso es verdad.

Era extraño que dijera que estaba pálida... o no. Pálida transmitía la idea de debilidad, de rendición, como si tuviera la posibilidad de algo que no podía alcanzar. Efectivamente, no podía rebatirlo. Sin embargo, en ese momento estaba viendo esa posibilidad al alcance de la mano. Solo tenía que volver a encauzar su vida, conseguir algunos recursos para poder tener un punto de partida. Quizá pudiera tocar otra vez, quizá volviera a brotarle la música. Si sabía aprovechar esa ocasión, quizá tuviera otra oportunidad. Si no, perdería lo único que tenía. Volvería a estar sola y sin nada. Sin experiencia laboral y sin experiencia en la vida real.

–Hace un año, no habría tenido el valor para hacer esto –siguió ella–. Sin embargo, entonces tampoco sabía una verdad muy importante.

–¿Cuál, preciosa?

Ella sintió una punzada en las entrañas. Antes, se sentía preciosa algunas veces. Quería sentirse preciosa otra vez y solo dependía de ella.

–He aprendido que no se puede contar con nadie. Solo puedo contar conmigo misma para defender mis intereses. Si quiero que cambien las cosas, tengo que hacerlo yo porque nadie lo hará por mí.

–Es una lección dolorosa, pero importante.

–Muy importante. Por eso voy a ocuparme de mí misma, de mis intereses.

–No te olvides de los míos, de tu parte del trato –le recordó él.

–No me olvidaré.

–Perfecto.

Él se inclinó y su olor le despertó los sentidos. Solo había estado cerca de un hombre, su profesor de piano, y él olía a gomina y a una colonia muy fuerte. Ethan olía a jabón, a piel limpia y a algo exclusivo... a él. Un olor que hizo que quisiera apoyarse en él, en su fuerza. Sin embargo, solo podía confiar en su propia fuerza. Naturalmente, le gustaría tener una cantidad aceptable de fuerza. Tragó saliva y retrocedió un paso. Él se acercó un paso y ella se quedó clavada sobre la mullida moqueta.

–Me alegro de que estés dispuesta a representar tu papel, Noelle –él le apartó un mechón de pelo y le rozó la mejilla con el pulgar–. Esta noche voy a mostrarle al mundo que eres mía.

Capítulo 4

NO ERA suya, no era de nadie. Noelle se lo repitió mil veces mientras se subía la cremallera del diminuto vestido de noche negro que Ethan le había enviado hacía una hora. No se lo decía con mucho convencimiento porque, efectivamente, él tenía poder. Sin embargo, ella no le pertenecía. Su madre también la había considerado como algo que podía poseer y que podía vender. Tuvo suerte de tener talento musical porque si no, prefería no pensar cómo la habría utilizado su madre. Se estremeció, levantó un pie y se ató uno de los zapatos de tacón con lentejuelas que también le había proporcionado Ethan... o su asistente personal. Él no parecía el tipo de hombre que se molestaría en elegir unos zapatos tan increíbles. Se inclinó para ponerse el otro zapato, pero perdió el equilibrio, se tambaleó e intentó agarrarse al sofá, pero, aun así, se cayó al suelo. Dejó escapar un improperio y luego se rio.

–¿Todavía no estás preparada?

Se dio la vuelta bruscamente al oír esa voz tan profunda y sexy.

–No has llamado a la puerta, ¿verdad?

–Es mi hotel –contestó él encogiéndose de hombros y acercándose al bar.

Desde el suelo, le parecía más alto y algo más indignante por haberla sorprendido en esa posición.

–Es mi habitación –replicó ella.

–Yo la pago –dijo él con una sonrisa mientras se servía un poco de whisky–. ¿Quieres algo?

–Un refresco.

–¿Un refresco? –preguntó él con las cejas arqueadas.

–Tengo el límite de una bebida si voy a algún sitio público. Es una regla de mi madre, pero siempre me ha parecido buena en estos casos.

–¿De verdad?

Él abrió la nevera que había en la barra y sacó un refresco de limón.

–He visto a muchas actrices tiradas por el suelo por haber bebido demasiado en una fiesta.

Él la miró sin dejar de sonreír.

–Tiradas por el suelo, ¿eh?

Ella terminó de ponerse el zapato y se levantó bajándose el borde del vestido.

–Un momento de torpeza no es lo mismo que emborracharse y hacer el ridículo en público.

–Tranquila. Toma tu refresco y serénate.

Sirvió el refresco en un vaso, se acercó a ella y se lo entregó. A ella casi le sorprendió que siguiera frío después de haber estado en su mano, de haber tocado su piel. Además, era guapo, era curtido y refinado a la vez y con cierto aire peligroso. Tenía ese brillo en los ojos marrones que indicaba a una mujer que sabía ser perverso en los momentos adecuados...

Estaba convirtiendo a Ethan Grey en una especie de fantasía simplista. Era demasiado inocente en lo relativo a los hombres y lo sabía. Era muy fácil creer que podía manejarlo cuando sabía que eso no era verdad. No podía competir con él cuando se trataba de juegos sexuales.

Sin embargo, al menos se sentiría cómoda en la fiesta, se encontraría en su ambiente. Más cómoda de lo que se había sentido desde que su mundo se desmoronó.

–Gracias –dijo ella con una sed repentina.

Ethan se apartó el pelo oscuro de la frente y ella tuvo que hacer un esfuerzo para no ponerlo otra vez donde estaba. Agarró el vaso con más fuerza.

–Entonces, ¿ya estás preparada?

–Umm... Sí, estoy preparada.

Si se limitaba a pensar en la fiesta, no en lo que sentiría al pasar los dedos entre el pelo de Ethan, conseguiría pasar una noche agradable.

Ethan miró los ojos de Noelle mientras entraban en el grandioso salón de baile. Todo el mundo estaba de punta en blanco para ese tipo de fiestas pretenciosas que a él le importaban un comino. Ella tenía los ojos resplandecientes. Nunca la había visto tan resplandeciente desde que la conoció, pálida y abatida, en el vestíbulo de su casa. Era el tipo de fiesta para las que había vivido la madre de él. La recordaba así, preparándose para ir a algún sitio, para salir de su casa. Lo único que hacía que sonriera era asistir a algún acontecimiento y brillar, cuando podía disfrutar de su fama en decadencia y que la adoraran un poco. La adoración que él había sentido por ella nunca pareció importarle gran cosa.

En cuanto a su padre, él se había dedicado a perseguir a otra mujer, a derrochar su cariño con ella, a ponerse en ridículo, a abochornarlos a todos porque no podía dominar su libido. Ethan nunca había entendido que eso lo hiciera más viril, más hombre. En su opinión, el dominio de uno mismo era mucho más importante. Damien Grey no tenía ningún tipo de dominio en lo relativo a las mujeres. Sin embargo, él era distinto. Él tenía las riendas de una relación. Empezaba y acababa cuando él quería y si no podía dedicarle tiempo a una relación, no la tenía.

Evidentemente, en ese momento estaba pagando ese periodo tan largo de abstinencia.

–¿Te gusta? –le preguntó él con un nudo en la garganta.

La llevaba del brazo y sus caderas se rozaban al caminar. Cada caricia de sus curvas era como si sintiera una llamarada. El primer día le pareció... insípida, pero esa noche estaba viendo a la verdadera mujer. Era preciosa; llevaba el pelo rubio recogido en un moño bajo y el vestido negro se le ceñía al cuerpo. Tuvo que morderse la lengua cuando entró en la habitación y la vio tirada en el suelo mostrando unas piernas largas con unos muslos blancos y duros. No podía recordar cuándo se alteró tanto por ver las piernas de una mujer. Se sintió enojado consigo mismo. ¿Iba a permitir que lo cautivara solo porque tenía unas curvas muy femeninas y unas piernas impresionantes? También era la hija de la mujer que le había destrozado la vida. No podía sentir ninguna atracción. Tenía que mirarla y ver a Celine Birch, pero no lo conseguía. Con atracción o sin ella, no iba a hacer nada. No era su padre.

–Es increíble. ¿Quién da la fiesta? –preguntó ella.

Él se dio cuenta de que no se lo había dicho y lo aprovechó para volver a dominar su cuerpo.

–Es la fiesta de cumpleaños de una de esas celebridades de la alta sociedad.

–¿Cuál?

–Sylvie Ames.

–Toqué en un cumpleaños de Sylvie. Cuando cumplió dieciséis –comentó ella sonrojándose.

–¿Cuándo fue eso?

–Hace más de diez años.

–¿Qué edad tenías?

A él le parecía demasiado joven para haber hecho algo así hacía diez años... o tres...

–Tenía once años.

Efectivamente, era demasiado joven. Sabía que había sido una niña famosa e, incluso, tuvo una vaga idea de quién era cuando su padre se acostaba con Celine, la madre de ella. Sin embargo, hasta ese momento no había caído en la cuenta de lo vulnerable que tuvo que ser.

–Eso es muy impresionante.

Él echó una ojeada a la multitud para intentar reconocer a los posibles fotógrafos que hubiera por allí. Necesitaba que la foto saliera en los periódicos. Al fin y al cabo, para eso había ido a la fiesta. No había ido para pensar en Noelle cuando, siendo tan joven, se expuso a todo tipo de críticas ante tanta gente. No debería importarle, pero, sin saber por qué, le importaba.

–Sí, fabuloso –replicó ella–. He agotado la carrera de toda la vida y a los veintidós años estoy acabada. Bravo por mí.

–¿Por qué crees que estás acabada?

Él dejó de mirar hacia el gentío y se volvió hacia ella.

–Veamos... Estoy arruinada. Los fideos instantáneos son una cena de lujo en mi casa y acabo de aceptar ser la prometida fingida de un hombre para no tener que mudarme a una caja de cartón.

–Sinceramente, nunca seré capaz de entender los estados de ánimo de las mujeres.

–¿Qué quieres decir? –le preguntó ella arqueando las cejas.

–Hace un momento estabas contenta.

–Estaba contenta hasta que descubrí que estoy aquí por caridad cuando una vez actué en una fiesta de la misma persona. De no ser por ti, solo me habrían admitido para servir bebidas.

–¿Tienes envidia o te sientes fuera de lugar?

Noelle sintió una furia injustificada contra Ethan.

–¿Por qué no las dos cosas?

Él la agarró de un brazo y le dio la vuelta para que lo mirara sin importarle que pudieran molestar a los camareros y los demás invitados.

–Le diré una cosa, señorita Birch. Está aquí conmigo y eso significa que no debería ser usted la envidiosa.

–Tienes un concepto muy elevado de ti mismo.

–¿Crees que soy fatuo? No, solo soy realista. Tengo más de mil millones de dólares. Me refiero a mi cuenta corriente, sin contar los demás bienes. Mi familia paterna es rica desde hace mucho tiempo y se ha enriquecido más con su cadena de hoteles. Mi madre fue una actriz de primera fila con más contactos de los que la mayoría de la gente podría imaginarse. La mitad de las mujeres que están aquí darían cualquier cosa por estar conmigo. Eso no tiene nada que ver con la persona que soy, sino con lo que puedo ofrecerles. Sin embargo, eres tú quien está conmigo.

Su pequeño discurso no hizo que se sintiera mejor. Al fin y al cabo, él no estaba allí porque la quisiera. La había admitido como si fuera un gato callejero que tenía que ganarse la leche y el techo fingiendo ser su prometida. Eso era muy distinto a ser la mujer que él deseaba. Sin embargo, su discurso caló en ella. La gente lo quería por lo que tenía, por su influencia, y si al día siguiente lo perdía todo, también perdería el aprecio de los demás, como ella. No le extrañó que quisiera casarse para heredar la cadena de hoteles. Tenía que conseguir todo lo que pudiera para aferrarse a lo que hacía que fuese especial. Eso era exactamente lo mismo que quería ella. Estaba intentando recuperar lo que necesitaba, lo que hacía que la gente se fijara en ella. Si no conseguía la fama y la gloria, se conformaría con tener un techo. No era mucho pedir.

–Sé muy bien qué es eso, Ethan.

Noelle tomó una copa de champán de una bandeja. Había llegado el momento de beber.

–¿Lo sabes?

–Mira alrededor. Mira a todos los amigos que tengo. ¿Acaso no viste a todo el grupo que me respalda cuando fuiste a casa? No, claro, no había nadie porque no soy nadie. Al menos, para los demás.

Ethan la miró fijamente a los ojos. Apoyó la mano en su cintura y bajó la cabeza. Cualquiera habría podido pensar que iba a abrazarla y a besarla delante de todo el mundo. Ella no lo pensó. Los labios no se le secaron ni el pulso se le aceleró por eso.

–Te diré una cosa. Esa gente, la que cree eso, es la que da igual.

Ella tragó saliva y le escocieron los ojos. Se apartó de él y miró al escenario antes de que se pusiera a llorar. Vio un piano y se preguntó quién iría a tocarlo. Estiró los dedos mientras pensaba que tocaba una canción lenta y melodiosa. No podía mirar a Ethan ni podía pensar en lo que acababa de decir. Era lo contrario de lo que le habían enseñado sobre lo que era importante en la vida. Además, estaba intentando animarla porque no quería estar acompañado por una mujer decaída.

Entonces, una mujer muy joven con un vestido rojo apareció en el escenario y se sentó al piano. En un rincón del escenario había un cuarteto de cuerda para acompañarla. Noelle cerró los ojos al oír los primeros compases y se dejó dominar por una añoranza que nunca desaparecería.

–¿Quieres bailar?

Ella abrió los ojos y miró a Ethan, quien la observaba intensamente.

–¿Sabes bailar?

–Mi madre se empeñó en que aprendiera. Además, me vino muy bien para conquistar a las mujeres cuando mi cuenta corriente era mucho menos saneada, cuando tenía que desplegar mis encantos para salir con alguien.

Ella volvió a mirar al escenario. Siempre había estado allí, apartada. Había sido una parte esencial de las fiestas, pero nunca había participado en ellas.

–¿Quieres bailar para la prensa?

–Claro –contestó él con una sonrisa muy leve.

Ella tomó la mano que le había tendido y le pareció más caliente y áspera de lo que se había imaginado. La llevó a la pista de baile y le dio un vuelco el corazón. Nunca había bailado con un hombre. Nunca había bailado. Ni siquiera en las presentaciones de sus discos. También tocaba entonces, incluso allí era el espectáculo en vez de la invitada de honor. Una pianista no tenía por qué saber bailar y fue algo que nunca aprendió.

–La verdad es que no sé bailar –se disculpó ella cuando llegaron al borde de la pista.

–Yo sí y puedo llevarte –le tomó una mano y le rodeó la cintura con el otro brazo–. Pon tu mano en mi hombro –le pidió él con una voz tentadora.

Ella obedeció y tuvo que contenerse para no bajar la mano hasta su musculoso pecho. Sabía que era musculoso porque tenía los senos estrechados contra él y el corazón desbocado. Volvió a mirar hacia el escenario mientras Ethan se movía. Notó que la música y los movimientos fluían en ella y que sus pies parecían obedecer lo que él indicaba. Todo salía bien.

–¿Por qué no sabes bailar? –le preguntó él.

–No he tenido tiempo.

Ella le contestó con la respiración entrecortada, no por el esfuerzo de bailar, sino por estar tan cerca de un hombre, de ese hombre.

–Claro. Los ejercicios que tienes que repetir.

–Efectivamente. Me ocupan mucho tiempo.

–Entiendo.

–Nadie puede hacerlo todo muy bien. Puedes hacer muy bien algo si lo deseas lo suficiente y trabajas mucho.

Acababa de repetir lo que decía su antiguo profesor de piano y se quedó asombrada de lo deprisa que le habían salido las palabras después de tanto tiempo.

–No lo comparto.

Él la estrechó un poco más contra la parte baja de su cuerpo. Sintió un estremecimiento, se sintió incómoda... notó algo en sus pechos. Era algo muy extraño, pero no era desagradable.

–Me da igual que lo compartas o no, es la verdad. Se necesitan horas y horas de entrega y práctica para poder decir que se domina algo. Exige compromiso.

–Umm, no se me da muy bien el compromiso.

A ella se le aceleró el pulso más todavía. Él dobló los dedos y ese leve movimiento en su espalda hizo que se estremeciera de los pies a la cabeza.

–¿Estás seguro? Me has pedido que me case contigo a las veinticuatro horas de conocerme.

–Puedo comprometerme con algo que tenga fecha de vencimiento y creo que es lo perfecto. Por eso no me meto en compromisos, porque sé que no querría cumplirlos.

–Entonces, no creo que lo que domines sean las relaciones...

–Estoy especializado en gestión de empresas y tengo algunos conocimientos de asuntos de alcoba. Digo conocimientos porque, según tú, nadie puede estar especializado en dos cosas.

Ella notó que se ponía roja y que le palpitaban las sienes. No entendía que pudiera decir esas cosas tan despreocupadamente, como si no tuvieran importancia, como si no le hicieran pensar en el dormitorio con todo tipo de visiones borrosas y sudorosas. Había visto más de un programa de madrugada cuando estaba sola en el hotel y sabía de qué estaba hablando él. Además, estaba consiguiendo que le flaquearan las piernas.

–¿Y tú? ¿Qué opinas del compromiso?

–Yo me especialicé en piano –ella sonrió–. En sentido figurado, claro.

–Ya, lo entiendo. Ya veo lo que estás haciendo aquí.

–Estás riéndote de mí.

Sin embargo, no estaba siendo cruel. Estaba provocándola y nadie la había provocado así. Nadie le había hablado así, con esa intimidad.

–Un poco –reconoció él.

Él miró hacia otro lado y ella no pudo evitar darse cuenta de lo impresionante que era su perfil. Tenía una nariz poderosa y un mentón cuadrado. Era casi demasiado perfecto para ser real. Parecía tallado en piedra, pero con respiración y calidez... y con un brillo en los ojos que irradiaba placer y pecado.

–Allí –dijo él ladeando un poco la cabeza–. Es Anita Blaire, la principal cronista de sociedad.

Noelle giró un poco la cabeza y vio a una mujer que estiraba el cuello para poder verlos.

Ethan le soltó la mano y la bajó lentamente hasta que le rodeó la espalda justo encima del trasero. Movió ligeramente el pulgar hasta casi alcanzarle esa zona tan íntima.

Se puso rígida y el corazón le latió con tanta fuerza que temió desmayarse.

–Relájate –le susurró él–. Apóyate en mí.

Ella hizo lo que pudo para relajarse, pero tenía los músculos agarrotados por la excitación, no el miedo. No sabía dónde podría tocarla él. Sentía que una oleada abrasadora se adueñaba de ella.

–¿Así? –le preguntó ella con un tembloroso hilo de voz.

–Mejor.

Él le rozó la sien con los labios y el deseo sexual le atenazó las entrañas. Era distinto estar en brazos de un hombre que tener fantasías difusas sobre las caricias de un amante. Eso no tenía nada de difuso, era muy claro y nítido, casi doloroso por su intensidad... y no la había besado...

¿La besaría? Tendría que hacerlo cuando le dijeran que podía besar a la novia. Le sudaron las manos y lo agarró con fuerza de los hombros. Él ladeó la cabeza y le pasó los labios por el mentón. Ella dejó escapar el aliento y le clavó las uñas en los hombros porque creyó que iba a derretirse a sus pies. Él la besó con más intensidad debajo del lóbulo de la oreja y se lo acarició con la punta de la lengua. Nunca se le había ocurrido fantasear con algo tan sencillo y sensual y aunque lo hubiese hecho, no habría sabido el efecto que tenía en ella.

–Sabes a vainilla –susurró él con la voz ronca.

Ella sintió su aliento en el cuello e inclinó la cabeza hacia atrás para poder mirarlo a los ojos, que los tenía clavados en ella. ¿Iba a besarla? Sin embargo, apartó la mirada y la dirigió otra vez hacia Anita.

–Creo que hemos captado su atención –comentó Ethan.

Se disipó toda la intimidad que los había envuelto y Noelle volvió a darse cuenta del bullicio que los rodeaba, de que no estaban solos en el mundo.

–Ah... –ella se aclaró la garganta–. Es verdad.

–¿Estás preparada para ser sociable?

No. Estaba preparada para meterse debajo de una piedra y no salir hasta dentro de diez años. Se sentía ridícula por el efecto de ese fugaz roce de sus labios y lo peor de todo era que seguía deseando que lo repitiera.

–Claro –contestó ella con la voz entrecortada.

–Entonces, vamos, cariño, vamos a divulgar la noticia del amor que ha brotado entre nosotros.

Capítulo 5

ESTABA a gusto, casi feliz. Estaba en un hotel de lujo entre unas sábanas de hilo y el servicio de habitaciones estaba acudiendo con café. Entonces, su cuerpo, no su mente, revivió la noche anterior y pudo sentir otra vez sus manos grandes y cálidas en las caderas y sus labios en el mentón. Se tapó los ojos con un brazo y gruñó. No quería pasar por eso en ese momento y menos con él. Tenía que mantenerlo como una transacción comercial.

–Adelante... –dijo al oír que llamaban a la puerta.

–Buenos días.

No era el servicio de habitaciones. Ethan entró con café y un aspecto impresionante, como si no se hubiesen quedado en la fiesta hasta altas horas de la madrugada. Llevaba un traje oscuro y una camisa blanca desabotonada en el cuello. Pudo vislumbrar unos pelos negros cuando se movió un poco y se le abrió la camisa... y ella estaba mirando.

–Entonces, no estás... Estaba esperando al servicio de habitaciones...

–Lo he interceptado y le he dicho que quería darle los buenos días a mi querida Noelle como solo yo podía hacerlo.

–Tienes un don para el teatro –comentó ella sonrojándose.

–Yo no lo creo –él se rio–, pero sí quiero que esto

salga bien y para conseguirlo, todo el mundo que me rodea tiene que creer que me has vuelto loco.

–¿De verdad?

No podía imaginarse volviendo loco a un hombre cuando su presencia hacía que se sintiera ardiendo e incómoda, aunque era la incomodidad más placentera que había sentido.

–¿Cuál es el programa para hoy? –él pareció sorprendido por la pregunta de ella–. Bueno... estoy, más o menos, trabajando para ti... Mi trabajo es estar a tu disposición...

Él separó ligeramente los labios y un brillo peligroso iluminó sus ojos marrones. La intensidad de su mirada hizo que esa incomodidad se extendiera por todo su cuerpo hasta el vientre.

–Eso es muy interesante y tentador, Noelle.

Ella sintió que el calor le subía de los pechos por la garganta y hasta la cara. Sabía que estaba roja, sabía lo que estaba pensando él. Ella estaba pensando en la noche anterior y en lo que había sentido entre sus brazos. En ese momento, estaba en la cama y todo parecía muy fácil, como si solo tuviera que hacerle sitio a su lado. Dio un sorbo de café, que estaba ardiendo, y sacó las piernas de la cama. En ese momento, lo que menos le preocupaba era que su camisón fuese diminuto.

–No quería decir eso, Ethan.

–No tengo intenciones sobre tu... virtud femenina –replicó él con sarcasmo–. Lo prometo. Sería una complicación enorme en esta fase de la representación.

–Completamente de acuerdo.

«Virtud femenina...». Si supiese lo cerca que estaba de la realidad... Aunque ella no lo considerara una virtud. Más bien, era algo que expresaba claramente lo mucho que habían controlado su vida desde el primer momento. No había tenido novios ni el más mínimo asomo de rebeldía adolescente. Había estado demasiado ocupada y había creído firmemente en todo lo que le había pedido su madre, había querido portarse bien para corresponderle por los años de viajes y lecciones. Había hecho todo lo que le había pedido, ordenado, más bien.

Sin embargo, en ese momento estaba pagándolo. No sabía nada de la vida real. Sabía sobre el glamour y la frivolidad, pero no sabía conseguir dinero para ella misma. Sabía sobre los besos en las mejillas y las falsas alabanzas, pero no sabía nada sobre las relaciones de verdad, sobre los besos de verdad. Ethan era el que más se había acercado.

–¿Me acompañas al trabajo?

–Claro... –no era lo que había pensado, pero tampoco había pensado nada–. No voy a despertarme siempre contigo, ¿verdad?

–No lo sé. ¿Qué harías si estuvieses perdidamente enamorada? Lo suficientemente enamorada como para prometerte a las dos semanas de haber conocido a alguien.

Ella se rio mientras iba hacia el cuarto de baño sabiendo que solo estaba medio vestida.

–No tengo ni idea.

–Yo tampoco, pero me imagino que nos despertaríamos siempre juntos, y no solo nos despertaríamos.

Su mirada era como una caricia muy íntima que la quemaba por dentro. Se cruzó los brazos por encima de los pechos para taparse los pezones, que no tenían un sujetador para disimular el efecto que estaba produciéndole él.

–En cualquier caso, creo que acompañarte a trabajar será... divertido.

Ethan apretó los dientes para contener la excitación que lo corroía por dentro. Ella solo llevaba una prenda de seda azul claro que parecía pensada para enterrar a un hombre... o, al menos, para mandarlo a un hospital para que un médico estudiara una erección que duraba más de cuatro horas. Sin embargo, eso no se trataba de sexo ni, desde luego, sobre aprovecharse del cuerpo de ella. Podía elegir la mujer que quisiera. No iba a permitir que ella lo dominara, no estaba dispuesto a creer que la atracción que sentía hacia ella fuese algo especial. La noche anterior había hecho el ridículo, había coqueteado con ella, había estado a punto de besarla. Hacía tanto tiempo que no tenía relaciones sexuales que su cuerpo intentaba convencerlo de que ella era especial. No lo era. Era una rubia más y había tenido muchísimas.

Sin embargo, tenía unas piernas largas y preciosas, un cuerpo menudo y tentador, unos pechos redondeados que lo incitaban a acariciarlos, a paladearlos. Tenía la sensación de que sentiría lo mismo aunque hubiese satisfecho su libido la noche anterior. Sentiría un anhelo enfermizo de poseerla de todas las maneras posibles. ¿Para cerciorarse de que el trato se cumpliría? No, ni siquiera él caería tan bajo. Eso no iba con ella, no quería hacerle ningún daño. Ni siquiera se trataba de hacerle daño a la madre de Noelle. Se trataba de demostrarle a su padre que no se podía utilizar a la gente como peldaños en la escalera del éxito y la satisfacción, de ocuparse de que no se recompensaría a Damien Grey por eso.

–Creo que deberías vestirte.

Ella se sonrojó por el bochorno. Eso era una novedad que no sabía interpretar. No estaba acostumbrado a que una mujer se ruborizara por algo tan nimio. Sin embargo, lo excitaba más.

En cierto sentido, era un acuerdo comercial y tenía que recordarlo. Sin embargo, todos los días trabajaba con mujeres y no tenía ese problema. Naturalmente, esas mujeres tampoco iban a la sala de reuniones vestidas con lencería de seda. Apretó los dientes y cerró los puños. Tenía que dominarse como fuera, tenía que sofocar la atracción que sentía hacia Noelle.

–Sí.

Ella se fue al cuarto de baño y él soltó el aire que había contenido sin saberlo. Al menos, su oficina era un sitio seguro y podría recordar por qué estaba haciendo eso, que tenía un objetivo. Además, no iba a ceder a la tentación cuando despreciaba a los hombres que se comportaban como si la testosterona les impidiera ser dueños de sí mismos. Había visto a su padre hacerlo una y otra vez sin importarle lo que sentían su esposa y su hijo. ¿Para qué? Para conseguir su placer egoísta. Se olvidaba de su honor y sus compromisos para ir detrás de una mujer que, en definitiva, ni siquiera iba a quedarse con él.

Miró la puerta del cuarto de baño e intentó no imaginarse el camisón de Noelle deslizándose por las curvas de su cuerpo hasta formar un montón en el suelo. No era su padre ni ella era su propia madre, era la única mujer que tenía vedada.

–Tienes un despacho muy bonito.

Noelle se dejó caer contra el respaldo de su butaca con las piernas estiradas. Unas medias negras le cubrían la piel blanca y tentadora, pero no disimulaban su contorno. Era igual de sexy cuando estaba completamente vestida. Lo supo la noche anterior, pero había supuesto que, para ir a la oficina, se pondría algo más... desenfadado pero formal. Había comprobado que las mujeres que habían trabajado en el mundo del espectáculo no tenían nada desenfadado pero formal. Llevaba un vestido corto negro, medias negras y unos zapatos dorados de tacón que le deslumbraban a cincuenta metros. Además, ese pelo rubio que le caía alrededor de la cara como un halo... Era imposible dejarla en una esquina y que pasara desapercibida. Eso era un problema en muchísimos sentidos.

–Además, saca adelante el trabajo –comentó él.

–¿Puedo hacer algo? –preguntó ella incorporándose con las piernas cruzadas en los tobillos.

–Puedes dejarme la butaca.

Ella se puso roja y se levantó de un salto.

–Hecho. ¿Algo más?

–¿Quieres trabajar?

–Ya que estoy aquí... ¿No le extrañará a la gente que esté de manos cruzadas?

–No creo que le extrañe a nadie. Creo que dan por supuesto que no estamos trabajando.

–¿De verdad?

–De verdad. ¿Has visto el periódico esta mañana?

–No, no he tenido ocasión.

–Somos la pareja de moda.

–¿Puedo verlo?

Él rodeó la mesa, se inclinó sobre el ordenador y tecleó la página web de un periódico.

–Ahí lo tienes.

Ella se inclinó al lado de él y su olor a vainilla lo excitó.

–Saben mi nombre –comentó ella con una sonrisa.

–Parece sorprenderte.

–Nadie me había echado de menos durante el año pasado y a mí me pareció una bendición. No me apetecía que todo el mundo supiera que estaba de capa caída.

–¿Que tu madre te había robado el dinero?

–Que me había abandonado porque ya había conseguido todo lo que quería de mí, porque mis ventas de discos y de entradas tendían a cero.

–Entonces, ¿qué hiciste el año pasado?

Ella se encogió de hombros con los ojos azules clavados en un punto indefinido.

–Nada.

–¿Nada?

Ella lo miró, pero esa vez sus ojos estaban cargados de rabia.

–Es posible que no aprovechara al máximo mi tiempo, pero no sé qué hacer. Solo sé hacer una cosa –Noelle miró hacia otro lado–. Mi madre se ocupó de que solo supiera una cosa. Intenté hablar con mi agente para tocar en los sitios donde solía tocar. Llamé a mi casa de discos y les pregunté si querían sacar un disco de grandes éxitos. Resulta que creen que no tengo ninguno –Noelle se rio con amargura y él sintió una opresión en el pecho–. En ese sentido, hice algo, pero no supe qué más hacer cuando eso quedó zanjado.

–¿No podías tocar en bares con piano o algo así?

–Paradójicamente, soy demasiado famosa para eso y no lo digo por vanidad. Quiero decir, no quería aparecer en la prensa sensacionalista.

–No es una excusa muy buena. Te quedaste de brazos cruzados mientras todo se desmoronaba.

–No. Mi madre se lo cargó todo a conciencia. No dejé que se desmoronara. Efectivamente, quizá hubiese podido hacer algo, pero todas las noches me acostaba esperando... esperando que se hubiese arreglado a la mañana siguiente, que todo volviese a ser como antes. Intenté que lo fuese –ella lo miró con una intensidad que lo atravesó–. Ahora, ni siquiera quiero que las cosas sean como antes. Me sentí... molida. Esto por lo menos hace que me sienta como si pudiera luchar, como si hubiera algo contra lo que puedo luchar.

Él tuvo la sensación de que se le había encogido el pecho o se le hubiese agrandado el corazón... y no le gustó.

–Podrías aprender otra cosa.

–No sé si me quedan fuerzas para dedicarme a dominar algo que no sea la música. Quiero decir que ya lo he hecho. He practicado y he mejorado todos los días desde que era una niña. No me ha llevado a ninguna parte, ¿no?

Él no supo por qué sintió ganas de ofrecerle... consuelo, pero lo hizo.

–Muy poca gente vive una vida así, Noelle. Repitiendo ejercicios ocho horas al día además de actuando, viajando y haciendo promoción.

–¿Estás diciéndome que trabajas menos? –preguntó ella.

–No. Trabajo mucho, pero lo he elegido yo. Hay mucha gente que trabaja ocho horas cinco días a la semana.

–A lo mejor no sé hacer otra cosa.

De repente, todo su plan de tenerla en el despacho, de tenerla siempre cerca, le pareció mal, como si fuera uno más de los que la habían utilizado. Ya era demasiado tarde para sentirse así.

–Claro que puedes. Siéntate.

Ella, desconcertada, se sentó. Sin embargo, él se sintió como el lobo feroz con Caperucita Roja y no le gustó. Dejó a un lado el remordimiento, ya se ocuparía más tarde de él.

–¿Sabes mecanografiar?

–Bueno... –ella hizo una mueca de disgusto–. No muy deprisa.

–Pues vas a aprender –Ethan le acercó un montón de papeles que había separado para su secretaria–. Quiero que metas esto en el ordenador. Son datos para proyectos de distintos edificios. Si introduces las cifras en estas casillas, el ordenador hace la operación.

–Eso sé hacerlo.

–Muy bien, hazlo. Voy al vestíbulo para hacer algunas llamadas y volveré para revisarlo.

Tenía que alejarse. Salió del despacho y cerró la puerta. Seguía sintiendo una opresión en el pecho. No sabía por qué, pero quería demostrarle a Noelle que podía hacer algo. Algo aparte de repetir ejercicios para una profesión que se le había quedado en nada. Sobre todo, no le gustaba lo que había visto en sus ojos. Era una mirada que indicaba que se consideraba una fracasada. Había visto a su madre pasar por eso. Había visto que su autoestima dependía de un público voluble. Eso llevaba a la infelicidad. ¿Cuándo y por qué había empezado a comparar a Noelle con su madre? Debería compararla con la madre de ella. En realidad, tampoco debería pensar tanto en ella, era el medio para alcanzar un fin, como lo era él para ella. No era algo personal entre ellos dos. No hizo caso a la punzada en las entrañas que le decía lo contrario.

La satisfacción que sintió cuando terminó el último documento era ridícula y lo sabía. Había sido una tarea que habría podido hacer cualquiera con dos dedos, pero, sin embargo, era mucho más de lo que había hecho últimamente. Se había empeñado en vivir en el pasado y el tiempo que había empleado en repetir ejercicios podría haberlo dedicado a aprender algo, pero había llegado a creer que no podría. Sin embargo, Ethan había confiado en ella lo suficiente como para dejarla sola en su despacho para que hiciera el trabajo.

Se abrió la puerta y entró Ethan.

–Ya está –comentó ella sin poder dejar de sonreír como una boba.

–Muy bien –dijo él sin la mitad de entusiasmo que ella.

–Gracias.

–De nada –él se puso serio–. Mi secretaria se alegrará de no tener que hacerlo ella.

–Ha significado algo para mí.

–Puedes hacer cosas, Noelle –replicó él con el ceño fruncido–. No eres tonta ni tienes una discapacidad. Puedes hacer lo que quieras. No dejes que el público decida cuánto vales.

¿Era lo que hacía? Seguramente, lo había hecho. Le había preocupado tanto la opinión de los demás que fue uno de los motivos para no ir a buscar un empleo. Eso y la vaga esperanza de que algún día sería capaz de arreglar las cosas. Sin embargo, no las había arreglado todavía y había permitido que empeoraran mucho. Ella había tenido mucha culpa de todo.

–Tienes razón.

–Claro.

–Podría haber hecho algo y no lo hice.

–Si quieres, puedes meter datos. Es aburrido, pero a mi secretaria también se lo parece y se alegrará de poder hacer otras cosas.

Noelle sintió un nudo en la garganta y luego se sintió ridícula por emocionarse.

–Gracias.

–Así podrás estar más por la oficina, lo cual será positivo para preparar nuestra boda.

–Claro.

–Pero no trabajarás hasta tarde. Pienso tenerte muy ocupada por la noche.

Capítulo 6

TENERLA ocupada por la noche resultó ser algo muy distinto a lo que ella se había imaginado, aunque le avergonzara reconocérselo a sí misma.

–¿Australia? –preguntó ella a la mañana siguiente cuando Ethan pasó por allí.

–Sí. Necesito que conozcas a mi familia y para eso tienes que ir a su casa. No a la casa de mis padres, a la casa de mis abuelos. Pasé mucho tiempo allí.

–Claro... –ella frunció el ceño–. No me gustaría mentir a tus abuelos.

–Estoy seguro de que mi abuelo lo sospecha. Tiene que controlarlo todo, pero creo que tiene buena intención. Sabe que yo haré lo correcto o, al menos, lo que espera de mí. Lo cual, es más de lo que ha conseguido de su hijo.

Ethan dejó escapar un sonido como si sus padres fuesen un caso perdido, pero al menos le quedaban sus abuelos. Ella no tenía ni eso. Según su madre, su padre fue un inversor suizo que la abandonó antes de que ella tuviera un año. Además, el disparatado comportamiento de su madre la alejó de sus abuelos antes de que ella naciera. No podía evitar preguntarse qué se sentiría al tener alguna estabilidad.

–¿Saben... saben algo sobre mi madre y tu padre?

–Es muy probable. Mi padre no fue nada discreto.

–Ethan, yo...

–Déjalo.

Ella contuvo la disculpa que brotaba de sus labios e intentó no sentirse dolida por el tono tajante de él.

–¿Tu abuelo... se porta bien contigo?

–Sí –Ethan se encogió de hombros–. Es estricto, pero, seguramente, eso es bueno.

Ella oyó la voz de su madre exigiéndole que lo repitiera, que no fuese vaga. Recordó las horas que pasó haciendo escalas hasta que ya no sentía los dedos, hasta que le parecía algo mecánico.

–Ser demasiado estricto no siempre es bueno –replicó ella flexionando los dedos.

–Lo contrario, tampoco. La falta de disciplina es una excusa inútil para las personas.

Ella se quedó sorprendida por la firmeza de su tono.

–Y demasiada disciplina te convierte en una máquina que repite los mismos ejercicios ocho horas al día.

–Hay pocas personas que tengan demasiada disciplina, Noelle. Tú eres una.

–Y tú otra, Ethan.

Él la miró con un brillo abrasador en sus ojos oscuros.

–Eso está por ver, creo. Por cierto, prepárate para el interrogatorio de mi abuela.

–Menudo panorama... –ella intentó sonreír.

–Es posible que por eso no me haya casado todavía –Ethan se rio sombríamente–. Mi familia es tan disfuncional que puede hacer daño a cualquiera. Naturalmente, puedo ser yo. Si ellos son tan malos, yo no puedo ser mucho mejor.

–A mí me pareces agradable.

–Esa es la cuestión, Noelle. No me conoces. Si me conocieras, podrías opinar otra cosa. Además, no vas a casarte conmigo dc verdad, para siempre.

Noelle captó un destello muy extraño en sus ojos y sintió una punzada en las entrañas.

–No importa, tú tampoco me conoces.

–Es posible que por eso nos llevemos tan bien.

–¿Esta es tu definición de llevarnos bien? –preguntó ella riéndose.

–Nos soportamos, por ahora.

Ethan ladeó la cabeza con una expresión muy intensa. Ella sintió su mirada como un contacto físico. Estaba mirándole los pechos y podía notarlo. Se acercó un paso a ella y fue como una descarga eléctrica entre los dos. Ella tuvo la sensación de que si iba a haber algo más, tendría que dar el paso siguiente, pero tenía los pies clavados en el suelo.

–Supongo que nos conoceremos mejor en Australia –comentó ella–. Aunque me parece injusto que me contrates y luego me obligues a que le pida vacaciones a mi jefe.

–Te mantendré ocupada –replicó él con la voz ronca–. Además, efectivamente, nos conoceremos un poco mejor.

–No vamos a quedarnos en casa de mis abuelos –comentó él mientras tomaba un desvío de la autopista de Brisbane.

Ella habría jurado que el acento se le había marcado más en cuanto aterrizaron en su país de origen... y le gustaba más de lo que debería. Sin embargo, era fascinante estar con un hombre así. Era algo que no había vivido antes, excepto con el profesor de piano.

–¿Dónde vamos a vivir?

–En uno de mis hoteles. En la playa. Creo que te gustará.

–¿Desde cuándo es tuyo?

–Lleva bastantes años allí, pero lo compré y lo renové hace unos seis años.

–Ya he estado aquí –comentó ella mirando por la

ventanilla–. No llegué a ver nada aparte de la carretera que llevaba del aeropuerto al hotel, del hotel al teatro y al aeropuerto otra vez. Luego fuimos a Sidney. Tampoco lo vi muy bien.

–¿No visitabas los sitios adonde viajabas?

–Un poco cuando íbamos a Europa, como parte de mi enseñanza. Tenía un buen tutor. Se ocupó de que terminara pronto los estudios. Me gradué con quince años para poder practicar más.

–¿Alguna vez te has concentrado en algo que no fuese la música?

–El año pasado me concentré en respirar –contestó ella–. Antes, en respirar y tocar. Ahora quiero hacer algo más.

–¿Introducir datos?

Ella le dirigió una mirada mortífera, aunque sabía que no era nada mortífera. Le habían dicho muchas veces que parecía una muñequita.

–Es posible que algo más, pero es una forma de empezar.

El coche llegó a una verja de hierro enorme. Ethan se asomó por la ventanilla y tecleó una serie de números.

–Es una urbanización cerrada –le explicó él–. Lo mejor, claro.

–Me gusta.

El coche ascendió por una colina sinuosa y ella supo que la casa tendría unas vistas increíbles.

–La verdad es que es un poco pretenciosa, pero no le digas a mi abuelo que lo he dicho.

–No se lo diré.

Él la miró, le tomó una mano y le acarició el dorso con el pulgar. Ella sintió que se le ponía la carne de gallina. Hacía mucho tiempo que no la tocaba. En realidad, hacía un par de días, pero le parecía una eternidad.

–Voy a presentarte a mis abuelos y, después de cenar, le pediré el anillo familiar a mi abuelo y le diré nuestras intenciones y todo eso.

El corazón casi se le salió del pecho, pero Noelle asintió con la cabeza como si no le hubiera afectado.

–Te lo daré luego, cuando nos hayamos marchado. Tendremos que inventarnos una bonita historia para mi abuela, las mujeres siempre quieren saber los detalles truculentos.

–Es verdad –ella sintió que se mareaba–. Yo... yo no sé lo que sentiré al ponerme el anillo de tu familia cuando... estamos mintiendo.

–Bueno, lo devolveré cuando el matrimonio haya fracasado. ¿Qué importa?

–Nada, supongo –aunque a ella le importaba por algo–. ¿Por qué no se quedó tu madre el anillo?

–No era nuevo y no le gustan las cosas antiguas –él sonrió levemente–. Le gustan las cosas que están a la última moda y mi abuela nunca habría permitido que lo alterara.

–No se deben alterar las tradiciones familiares. Bueno, eso creo. Nosotros no tenemos ninguna.

No tenía sentido ponerse melancólica. Había pasado mucho tiempo deseando que las cosas fuesen distintas. Lo quiso desde que se dio cuenta de que su vida no era como la de las demás chicas. Deseó una relación con su madre que no se basara en su profesión. Sin embargo, no la tuvo y ella la aceptó más o menos. En cualquier caso, lo que Ethan le había contado de su madre había conseguido que se diera cuenta de que era una mujer con la que no quería tener una relación. Ya no iba a lloriquear por lo que había tenido o había dejado de tener. Iba a conseguir el dinero y a seguir con su vida sin su profesor, sin su madre, sin Ethan... Ya no iba a ser una marioneta, iba a tomar las riendas.

–Las mías han tenido más que ver con la posición

social que con el sentimentalismo. Mi madre es una... nueva rica y no entiende lo especial que es que las cosas pasen de generación en generación. Al menos, eso he oído.

Él dejó de hablar cuando atravesaron otra verja y entraron en los terrenos de una mansión imponente con el césped impecablemente cortado y tres fuentes que, al parecer, solo servían para indicar claramente que sus dueños tenían montones de dinero. Ethan aparcó en el camino de entrada.

–Mis abuelos tienen servicio –le explicó él con ironía.

Él se bajó del coche y lo rodeó para abrirle la puerta.

–Un servicio completo –comentó ella.

Salió y se encontró casi pegada a él.

–Sí, ofrezco un servicio completo –afirmó él mirándola a los ojos y con la voz ronca.

Ella deseó poder saber qué le pasaba por la mente cuando se quedaba pensativo. Por qué le parecía que sentía atracción y enojo a la vez y la desconcertaba completamente. Tuvo que hacer un esfuerzo para no acariciarle la mejilla con barba incipiente. Lo deseaba con todas sus ganas, pero no lo haría. Era desconcertante, pero no iba a cruzar esa línea si no había público. Nada de caricias si no había testigos. Lo contrario sería un disfrute personal que no iba a permitirse.

–No lo dudo –replicó ella alejándose.

–¿Preparada?

Empezó a tocar mentalmente *Las cuatro estaciones* de Vivaldi para encontrar el equilibrio.

–Preparada.

–Entonces, vamos a conocer a mi familia.

La cena familiar fue muy formal, como siempre en casa de sus abuelos. Siempre le había parecido que era parte de su encanto envarado de clase alta. No eran perfectos, pero la vida con Nathaniel y Ariana Grey había sido mucho más normal que con sus padres. Además, allí fue donde pasó más tiempo después de la crisis de su madre. Su padre estaba demasiado ocupado y su madre demasiado enferma. Por mucho que su abuelo quisiera controlarlo, al menos lo quería. Pensándolo bien, mentirles no le hacía más gracia que a Noelle. Sin embargo, por muy serio que fingiera ser su abuelo, nunca se había planteado dejar al margen a su único hijo. Sin embargo, él tenía lo que se necesitaba.

Tomó la mano de Noelle por debajo de la mesa. Fue un gesto delicado, no posesivo. Un gesto que parecía algo íntimo, destinado a ellos dos, pero, en realidad, iba destinado a todos los demás, pura representación. Aun así, el contacto de su piel sedosa le despertó un deseo abrasador en las entrañas. Noelle Birch estaba volviéndolo loco lentamente. Si no, ¿por qué se excitaba por tomarle la mano? No se excitaba cuando tenía catorce años...

Su abuelo tenía los ojos clavados en ella y él sabía que había captado la relación. Habían pasado quince años desde que terminó la aventura de su padre con Celine, pero nadie la había olvidado.

–¿Desde cuándo os veis?

Ariana les sonrió y Ethan se preguntó si la habría reconocido. Sus modales eran tan exquisitos que quizá nada pudiera alterarlos.

Noelle lo miró con cierto pánico reflejado en los ojos.

–Desde hace unos meses –contestó él–. Discretamente.

–Desde luego –confirmó su abuelo–. No he visto nada en las noticias.

–No salgo siempre en los periódicos –replicó él.

–Pero ella sí...

Noelle se aclaró la garganta y se movió en la silla.

–No siempre.

–Noelle, antes viajabas mucho –Nathaniel se dirigió a ella–. ¿Qué haces ahora?

Noelle volvió a moverse en la silla y agarró con fuerza la mano de Ethan.

–He abierto un paréntesis.

Ethan tuvo que contener una carcajada.

–Bien hecho. Una mujer tiene que centrarse en otras cosas aparte de su profesión –afirmó Nathaniel.

–Si ella quiere, supongo –replicó Noelle.

Esa vez, Ethan se rio.

–Comprobaréis que Noelle tiene opiniones propias –intervino Ethan con una sonrisa cautelosa.

–Perfecto. A una mujer, o a un hombre, no le conviene no tener nada fuera de la relación –añadió su abuelo mirando elocuentemente a Ethan.

–No –confirmó Ethan–. Es verdad.

–¿Quieres beber algo, Ethan?

Ethan asintió con la cabeza, se levantó de la mesa y se inclinó para darle un beso en la mejilla a Noelle. Su olor lo detuvo justo antes de que los labios llegaran a su piel, fue un instante, lo suficiente para que lo embriagara. No pudo definir a qué olía porque era un olor exclusivo de ella. Ella se quedó rígida y giró levemente la cabeza como si esperara el beso, pero con miedo. Él bajó la cabeza y la besó justo debajo de la oreja.

–Ahora mismo vuelvo –susurró él intentando no hacer caso del nudo que tenía en el estómago.

Siguió a su abuelo por el pasillo oscuro y alfombrado hasta entrar en el despacho. Cerró la puerta, fue al mueble bar, tomó dos vasos y una botella de whisky, sirvió tres dedos, le dio un vaso a su abuelo y se llevó el otro a los labios.

–¿A qué estás jugando, Ethan? ¿Noelle Birch...? Me gustaría creer que ha sido una feliz coincidencia.

Ethan se encogió de hombros y dio un sorbo.

–No sé si puedo llamarla «feliz».

–Yo estoy seguro de que no puedo llamarla «coincidencia». Te conozco demasiado bien.

–A lo mejor estoy enamorado.

–¿Vas a casarte con ella?

Él asintió con la cabeza. Era la verdad, pero no iba a decir lo que tenía pensado para después.

–Es la idea.

–¿Le serás fiel?

Ethan dejó el vaso encima del mueble bar.

–No soy como mi padre. Si me comprometo con algo, lo cumplo. Me ocupo de lo que es mío.

–Eso espero. Sabes que si te transmito la empresa directamente a ti, será una afrenta muy grande para tu padre. Lleva toda su vida esperándolo.

–Lo sé perfectamente.

–Es mi hijo, Ethan, pero no estoy orgulloso de él. Quiero cerciorarme de que tú serás mejor. Quiero que sientes la cabeza antes de meterte a dirigir una sociedad como Grey's.

–No quiero ofenderte, pero la que dirijo ahora es mayor que Grey's.

–Es verdad y eso hace que me pregunte por qué anhelas tanto quedarte con Grey's.

Lo más fácil habría sido contestar que por venganza, pero no parecía la situación adecuada. Había otros motivos más complejos que no quería detallar. Eran motivos que se remontaban a su infancia, cuando era un niño sin nada, cuando sus padres ni siquiera lo miraban si se cruzaban con él por el pasillo de la inmensa mansión familiar.

–Porque nunca te conformas con lo que tienes –mintió Ethan–. Así somos los empresarios. Tú lo sabes, siempre has necesitado más.

–La verdad es que no sé qué haces aquí, Ethan –Nathaniel dejó escapar un suspiro–. Es posible que no quiera saberlo. Solo quiero que seas feliz y estable.

–Soy estable y sé que mi matrimonio con Noelle me hará muy feliz.

Aunque no por los motivos por los que los matrimonios solían hacer felices a las personas, si lo conseguían alguna vez.

–Eso espero. Supongo que querrás el anillo de tu abuela.

Eso era muy importante para que todo pareciera sincero.

–Sí.

–Iré a sacarlo de la caja fuerte.

Ethan intentó pasar por alto el remordimiento que lo quemaba por dentro. Todo estaba saliendo según lo previsto. El anillo era parte del rompecabezas. Se terminó el whisky para que ese ardor sofocara la desagradable sensación que le atenazaba las entrañas. Todo estaba encajando en su sitio y el remordimiento no cabía allí.

–Estás tenso –comentó Noelle.

Hacía unos cinco minutos que habían salido de la casa de sus abuelos y él no había dicho nada. Agarraba el volante con fuerza y los músculos de los antebrazos mostraban su tensión.

–En absoluto –replicó él con los dientes apretados.

–Mientes muy mal.

Él la miró fugazmente.

–No es verdad.

–Sí lo es.

–No estoy intentando mentir.

–Pues entonces mientes muy mal aunque no lo intentes. No estás bien, hasta yo puedo darme cuenta y no soy una especialista en interpretar a la gente. Mi madre es un buen ejemplo de eso.

Él se encogió un poco y bajó las manos en el volante.

–No me gusta mentir a mis abuelos.

–Lo entiendo. Tu abuela es... muy amable.

–Siempre lo es. Es muy equilibrada, serena.

–No se parece nada a mi madre.

–Ni a la mía.

–¿Quieres hablarme de ella?

Él apoyó la cabeza en el reposacabezas.

–Ni mucho menos. ¿Y tú?

–¿No la conoces ya?

–Sé lo que vi. Era guapa y fascinante. Tenía hechizado a mi padre. ¿Qué veías tú cuando la mirabas?

–Todo eso –Noelle se mordió el labio inferior–. Podía parecer ingenua para no resultar exigente, pero era un engaño. Evidentemente, era más inteligente que yo. Me utilizó para ganar dinero y yo no lo consigo.

–Era desaprensiva y tú no lo eres. Eso no es ser más inteligente, es ser tramposo.

–¿Qué estamos haciendo nosotros ahora mismo?

–También somos tramposos, pero por una buena causa. Confía en mí.

A ella le gustaría poder hacerlo.

Se quedaron en silencio otra vez hasta que empezaron a bajar por una carretera serpenteante que llevaba a la playa. Noelle bajó la ventanilla para que entrara el aire marino y el sonido de las olas. Lo prefería a ese silencio atronador.

Ethan dejó el coche, con las llaves puestas, delante del hotel. Se bajó y se alejó sin abrirle la puerta esa vez. Ella se quedó sentada un momento, hasta que también se bajó y lo siguió hacia el lujoso vestíbulo. Tenía un nudo en el estómago mientras se apresuraba para alcanzarlo. Miró hacia arriba y vio los cinco pisos de habitaciones con una balconada que daba al inmenso vestíbulo con suelo de mármol. Ya había estado allí, iba con su madre siempre que actuaba en Brisbane. Recordó muchas cosas. Cuando llegaban, todavía estaba aturdida por el jet lag, pero la llevaban a la suite de varias habitaciones que había en el último piso y tenía que sentarse al piano al cabo de cinco minutos. Luego, su madre se marchaba, como hacía siempre, para establecer contactos o como lo llamara. Se quedaba sola.

–Estamos en la habitación del piano, ¿verdad?

Ethan se paró en seco, se dio la vuelta con el ceño fruncido y la miró irradiando tensión.

–Sí.

–Ya he estado allí. Veníamos a Brisbane de vez en cuando y siempre nos alojábamos allí.

Los ojos de él tenían un brillo extraño, frío y sombrío.

–¿De verdad?

–Sí. Quiero decir, me gusta, es... es... bonita.

–Si prefieres otra...

–No, me parece bien.

Lo siguió hasta una pared de piedra por la que bajaba agua. Había una hilera de ascensores con puertas doradas protegidas del agua.

–¿Cuándo compraste este hotel? –preguntó ella montándose en el ascensor detrás de él.

–Hace unos años. Fue el primer hotel que mi abuelo me cedió. Mi padre lo dirigía.

Escupió las últimas palabras como si tuvieran un sabor amargo.

–Yo, ni siquiera sé quién es mi padre.

Él la miró con los ojos gélidos, como hielo negro.

–Algunas veces, desearía no saber quién es el mío.

Era difícil sostenerle la mirada cuando desaparecían los retazos de su encanto y solo era un hombre enojado e implacable. Sin embargo, lo consiguió. Había pasado mucho tiempo siendo dócil, haciendo lo que le decían y acobardándose. Ya no quería hacerlo más.

–¿Por qué?

–Creo que se parecía a tu madre en muchos sentidos. Era un tramposo.

–¿No lo somos nosotros, Ethan? Es probable que sea una suerte que no nos casemos de verdad.

Él gruñó y ella se lo tomó como una expresión de conformidad. Se abrieron las puertas del ascensor y vio una entrada muy lujosa llena de dorados y molduras decorativas. No pudo contener la risa mientras Ethan introducía el código de la puerta. Se alegró de encontrar un motivo cualquiera para reírse, de liberar la tensión por estar allí otra vez, la tensión por estar cerca de Ethan.

–¿Qué pasa? –preguntó él abriendo la puerta.

–El hotel no se parece nada a ti.

–¿Qué te imaginas?

Él sujetó la puerta para que ella entrara primero. Debía de haberse serenado porque había recuperado la caballerosidad.

–No me pareces un hombre... recargado. Tu hotel de Nueva York encaja más en lo que me parece tu estilo.

–Los hoteles no van dirigidos a mí, sino a los clientes.

–Es verdad.

Ella lo sabía muy bien. Cuando compuso música, tenía que tener presente lo que quería oír la gente, pero, aun así, siempre ponía parte de su alma. Deseó que ese don no se hubiese esfumado. Ese aspecto de la música había estado muy arraigado en ella. Seguía doliéndole mirar ese hotel tan impresionante y no oír como una banda sonora. No sabía si llegaría a acostumbrarse a ese silencio atronador que le llenaba siempre la cabeza. Hacía que sintiera el cuerpo como si no fuese suyo. Como si un cambio de *tempo* la hubiese pillado desprevenida y no pudiese encontrar el ritmo otra vez y las notas discordantes rompiesen la melodía.

Recorrió la imponente zona de estar y rozó las teclas del piano con los dedos mientras se dirigía hacia la terraza. Necesitaba aire y espacio. Ojalá pudiese escapar de sí misma un instante.

Abrió la puerta corredera y salió. La brisa fresca del mar le puso la carne de gallina, pero, al menos, podía respirar mejor. No había salido a la terraza las otras veces que estuvo allí. Había mirado la vista a través del cristal y había pensado en salir, pero no tuvo tiempo. Frunció el ceño. ¿Por qué? Solo habría sido un momento. ¿Qué más cosas se había perdido? Cosas pequeñas, cosas sencillas. La brisa marina, tener amigos, que la besaran... Cerró los ojos y se deleitó con la sensación del viento húmedo en las mejillas.

Por mucho que quisiera culpar a su madre, ella había tenido la culpa de tener anteojeras. Su madre lo había incitado y lo había mantenido, pero esa obsesión había sido suya. Era la necesidad de ser la mejor, de llegar un poco más lejos cada día. ¿Acaso podía extrañarle que todo la hubiese abandonado? Abrió los ojos y miró las olas a la luz de la luna que rompían rítmicamente en la costa. Eran como música y nunca se había parado a mirarlas de verdad. Notó que un par de notas le vibraban en la garganta. Era una melodía que no había oído nunca. Se le aceleró el corazón y sintió la descarga de adrenalina. Era la primera vez en dos años que brotaba un sonido, una nota, algo.

–Me pareció que la noche pedía champán.

Se dio la vuelta y vio a Ethan con una copa en cada

mano. Tenía la camisa medio desabotonada, los pies descalzos y el pelo moreno despeinado, como si una mujer le hubiera pasado los dedos. Todo era muy distinto a la última vez que estuvo allí. Se le secó la garganta, pero tragó saliva.

–No voy a rechazarlo.

Él se acercó como la fantasía secreta de cualquier mujer, con los ojos clavados en los de ella. Le dio la copa, se inclinó sobre la barandilla y brindó con ella. Noelle también levantó la copa con cierto aire burlón. Dio un sorbo y se arrepintió porque el champán no iba a evitar que tuviera la garganta seca. Desvió la mirada hacia las olas.

–Tiene que ser muy agradable tener éxito, tener todo esto.

–Me da igual –replicó él encogiéndose de hombros.

–Sin embargo, quieres más. Lo suficiente como para mentir a tus abuelos –él la miró con los ojos entrecerrados–. No lo juzgo. Yo también estoy implicada, ¿no?

–No se trata de tener más. Se trata de que no lo tenga mi padre.

–No entiendo que tu abuelo fuese a entregárselo si es tan incompetente.

–Tampoco se trata de su incompetencia, aunque te garantizo que soy mucho mejor empresario que él. Es por principios. No puedes tratar a las personas como si solo existieran para servirte independientemente de sus sentimientos y que te recompensen por ello. No lo permitiré.

–Ethan...

–No permitiré que se salga con la suya, Noelle, después de cómo trató a mi madre. Es algo más que su infidelidad. También se quedó con su dinero, como tu madre. Cuando mi abuelo no le daba el dinero que necesitaba para ampliar sus empresas, lo tomaba de mi madre aunque se acostaba con otras mujeres a sus espaldas... o, peor aún, descaradamente. Todo el mundo sabía lo poco que la respetaba –Ethan dio un sorbo de champán–. Mi madre no es perfecta, pero tampoco se merecía eso.

Capítulo 7

LE PARECIÓ agradable descansar un poco de la presencia de Ethan. Se pasó el día dando vueltas por el hotel y los alrededores. Entró en las pequeñas tiendas y se tomó un café vienés en una cafetería que había cerca de la playa. Era decadente en muchos sentidos. No había nadie que le dijera lo que tenía que hacer ni que la presionara. No tenía grandes preocupaciones. El baño de espuma que se dio después fue el remate perfecto. Fue relajante, lo contrario de estar con Ethan, pero también cálido y sensual, algo muy parecido a estar con Ethan.

Soltó un improperio y se quedó encantada. Su madre había empleado el lenguaje que había querido, pero ella siempre había tenido que proteger la imagen de niña eterna. No se la podía relacionar con nada ni remotamente adulto o escandaloso. Al final, no sirvió de nada. Creció y dejó de tener interés.

Se dejó caer en el sofá y puso los pies encima de la mesita. Eso sí era normal. Había pasado muchas noches sola en la habitación de un hotel y siempre había disfrutado con esos ratos. Había comido chocolate y había visto la televisión para darse cuenta de todo lo que estaba perdiéndose, de que estaba encerrada en una torre de marfil mientras el resto del mundo vivía.

Mordió la barrita de chocolate. En cierta manera, estaba reviviendo el pasado, pero no vería películas eróticas. Tener cerca a Ethan ya estaba alterándola bastante.

Se abrió la puerta y se tapó bien con la bata.

–Hola.

Ethan entró, se quitó la corbata con un movimiento muy natural y la dejó caer al suelo. Parecía sacado de un anuncio de colonia... o de una de esas películas que veía a altas horas de la noche.

–Hola –le saludó ella levantándose del sofá y atándose el cinturón de la bata.

–¿Qué tal has pasado el día?

–He introducido más datos y he tomado café.

–Entonces, ¿bien...?

–Supongo.

–Todos los periódicos locales tienen fotos de nosotros bajándonos de mi avión privado.

–¿Los has traído? –preguntó ella acercándose a él.

–Te gusta salir en los periódicos, ¿verdad?

Ella se encogió de hombros un poco abochornada por su entusiasmo.

–Me acostumbré a ver lo que opinaba la gente. Lo bueno y lo malo. Todo me... servía.

Él abrió la funda de su ordenador portátil y sacó un periódico doblado.

–Disfruta.

Ella tomó el periódico y lo desdobló lentamente. Se le aceleró el corazón al ver las fotos y los titulares.

Ethan Grey vuelve con su nueva pareja, la pianista Noelle Birch. ¿Van a conocer a los abuelos?

–Me gusta...

–¿Te gusta?

–Sí. Volver así a la atención pública... como hablamos. Sin embargo, no se trata solo de darle a mi madre en las narices. No sabes lo que podría significar para mí.

Él no sonrió, se quedó imperturbable, pero hubo algo distinto en sus ojos, más oscuro.

–Me hago una idea.

–¿Censuras que disfrute con la fama? –él respondió con el silencio–. Mi vida... la vida que tuve... Es difícil explicarlo. Algunas partes fueron despiadadamente complicadas. Aun así, hubo otras partes que me encantaron. Me encantaba tocar delante de una multitud. Me encantaba cuando podía oír en la cabeza las primeras notas de una canción nueva. Me encantaba que la gente me reconociera, que estuviera emocionada por oírme, como si le interesara.

Él sacudió la cabeza con una expresión súbitamente desencajada.

–Nada de todo eso es real.

–Lo siento como real –replicó ella delicadamente y mirando la foto.

–No lo es, créeme. Pregúntaselo a mi madre. Fue una actriz de primera fila durante un tiempo. La invitaban a todas las fiestas y salía en todas las películas importantes. El público la encumbró y la dejó caer de la noche a la mañana mientras entregaba todo lo que tenía a un marido que, casi siempre, se comportaba como si ella no existiera. Buscar el reconocimiento de la gente no da la felicidad. Te la conceden un tiempo, pero cuando te la retiran, llega la cruda realidad.

–Estoy viviendo esa realidad, Ethan. Sé cuánto duele.

–De acuerdo, Noelle, hoy sale tu foto en el periódico, pero ¿y mañana?

Ella no quería pensar en el día siguiente, se sentía a salvo en ese momento. A salvo y bastante feliz por volver a tener la atención del público en un sentido positivo. Sin embargo, esa actitud fue la que le metió en problemas. En ese momento podría estar disfrutando con esos retazos de felicidad, disfrutando tanto que no veía lo que se avecinaba, algo como que su madre desapareciera con todo su dinero.

–No lo sé –contestó ella.

–Nadie debería tener la capacidad de decidir cómo te sientes contigo misma, Noelle. Concédete a ti misma esa capacidad.

–Supongo que para ti es fácil.

–Nunca me ha importado lo que piensen los demás –él se encogió de hombros–. Si llego a donde quiero ir, me da igual lo que piensen los demás de mis métodos. Cuando las cosas te van bien, siempre habrá alguien esperando a que te vayan mal.

El corazón de Ethan latía con fuerza y con una extraña rabia protectora. No había ningún motivo para que le importara cómo se veía Noelle a sí misma ni la expresión de su rostro cuando vio la foto en el periódico. Sin embargo, le había recordado mucho, demasiado, a cómo reaccionaba su madre a las críticas, fueran buenas o malas, y a su abatimiento cuando los paparazzi dejaron de perseguirla. También, a la desolación tan absoluta que sintió cuando la prensa comentó con todo lujo de detalles la presencia de Damien Grey con Celine Birch en un acto muy importante de la industria de Hollywood mientras dejaba en casa a su esposa, la actriz.

Ese arrepentimiento cargado de amargura por haberse alejado de California y por haber sacrificado su figura al haber dado a luz a un hijo que tampoco le dio la felicidad... Los espantosos recuerdos de intentar reanimarla después de que se hubiera tragado un frasco entero de pastillas...

Llevar a Noelle a ese punto hacía que se le encogiera tanto el corazón que no podía moverse ni respirar. No sabía por qué estaba haciendo eso, por qué estaba poniéndola en esa situación, ni por qué sentía algo hacia ella. Solo sabía que quería tocarla y consolarla de alguna manera. Sin embargo, en cuanto sus manos tocaran su sedosa piel, estaría perdido. La tomaría entre los brazos, la besaría y la seduciría.

No. Se controlaría como había hecho siempre. Ella no era distinta. No era especial. Apretó los dientes para intentar dominar la reacción de su cuerpo ante la idea de seducirla. Sería muy delicado, casi compensaría...

–¿Qué...? –preguntó ella.

Sabía que tenía la voz entrecortada y que los pechos le subían y bajaban. Estaba tan alterada como él.

–Las próximas semanas tendremos que aparecer más veces en público –dijo él con los ojos clavados en sus labios carnosos–. Tenemos que sentirnos a gusto al tocarnos.

Él se acercó un poco. El cuerpo lo azuzaba y la cabeza le gritaba que se contuviera. Lo haría, se apartaría antes de que fuese irreversible, pero no todavía.

Puso una mano en su mejilla y se quedó atónito. Era más suave de lo que se había imaginado y la necesidad de seguir fue tan fuerte que se estremeció.

–¿A gusto? –le preguntó ella en un susurro.

–Ni lo más mínimo. ¿Y tú?

Ella negó con la cabeza.

–Entonces, tendremos que hacer otra cosa.

Bajó la cabeza y la besó. El placer le atenazó las entrañas, le hirvió la sangre y todo el cuerpo se puso en tensión por el deseo. Tenía un sabor dulce, su beso era mejor que cualquier vino que pudiera recordar e incomparable a cualquier otro beso que hubiera dado. No recordaba que el contacto de unos labios lo hubiera afectado con tanta intensidad ni cuando era un adolescente virgen. Ella dejó escapar un sonido muy leve y él aprovechó la ocasión para introducir la lengua, para deleitarse un poco más, solo un poco. Sin embargo, ese deleite no podía tener fin cuando hacía que anhelara más, que lo anhelara todo.

Levantó la otra mano y la posó sobre su cintura, otro paso más para caer en la tentación. Sin embargo, se apartaría a tiempo antes de que perdiera el dominio de sí mismo, nunca lo había perdido, siempre tenía el control. Ella le rozó la punta de la lengua con la suya y fue como la descarga de un rayo que le llegó directamente a las entrañas. No podía respirar, pero le parecía bien. Se ahogaría en ella, en la pasión que brotaba de ella y lo llenaba hasta forzar al límite el dominio de sí mismo. ¿Era eso lo que sentía su padre cuando estaba con su amante?

Fue como un jarro de agua fría sobre su libido recalentada. Se apartó sin poder respirar.

–Creo que ya es bastante –dijo él con la voz ronca.

Ella parecía mareada, desorientada, como se sentía él.

–Yo...

–No te preocupes por la prensa –dijo él–. Tengo trabajo, iré a mi habitación.

Ethan se dio la vuelta sin mirarla otra vez porque si veía en sus ojos el mismo anhelo que sentía él, si captaba su olor, estaría perdido y no podía permitírselo, tenía que estar centrado. Además, era una cuestión de orgullo.

Oyó unas notas, una melodía vaga, en la cabeza. Se dio la vuelta en la cama y notó las sábanas frías en las piernas, pero se acordó del beso y dejaron de estar frías. Había sido su primer beso y había sido... mucho más de lo que había podido imaginarse. Había sido todo pasión y deseo. Había sido aterrador. Había sentido algo que no había sentido jamás y que no sabía que podía sentir. Se sentó en el borde de la cama con los pies hundidos en la mullida moqueta. Sentía un anhelo tanto físico como emocional. Era como si todo estuviese cambiando.

No era como el cambio gélido que sintió cuando su madre desapareció con su dinero, era algo más sutil, pero también más peligroso en cierto sentido. Empezaba a sentirse distinta, no era solo que la vida estuviera cambiando a su alrededor. Sentía más fuerza, más dominio de sí misma... pero también menos. No sabía cómo podía ser.

Volvió a cerrar los ojos para recuperar la melodía que había oído dormida. Seguía siendo algo vago, pero era una inspiración que conocía, que había sentido antes. Se levantó emocionada y fue hasta el piano. Se sentó y acarició las teclas. Todavía notaba los labios de Ethan y su mano en la cintura. Tocó una nota suelta, pero le siguió otra y otra más hasta crear una melodía obsesiva que reflejaba lo que la abrumaba por dentro, algo confuso y un poco triste.

–¿Qué haces?

Ella dejó de tocar y levantó la mirada. Allí estaba Ethan. Solo llevaba unos vaqueros que le caían peligrosamente bajos, que mostraban unos surcos que llevaban a una parte de su cuerpo en la que no debería pensar. Levantó un poco más la mirada, pero fue casi peor. Su pecho y su abdomen eran esculturales y estaban cubiertos con la cantidad perfecta de pelo negro. Era increíblemente sexy.

–Tocar... –consiguió decir ella a pesar del nudo en la garganta.

–No es un ejercicio de esos.

–No.

Él se acercó y apoyó el antebrazo en la tapa del piano de cola.

–Tampoco es una pieza que yo conozca.

–Es... mía.

En ese momento, Noelle se dio cuenta de que era una canción que había brotado de ella.

–Me gustaba. ¿Qué era?

–No lo sé –contestó ella.

Efectivamente, no sabía qué sentía ni qué quería. Él se colocó detrás de ella, alargó un brazo, le rozó el hombro y tocó unas notas.

–¿Por qué no? –preguntó él.

–Porque no sé muy bien lo que quiero –contestó ella sintiendo su aliento en la mejilla–. No sé adónde quiero llegar, pero quiero hacerlo. Creo que, en realidad, eso es la canción, es anhelo.

–¿Qué anhelas, Noelle? ¿Fama?

–Eso creí –susurró ella–. Ahora, no lo sé.

–¿Otra cosa?

Él puso una mano en su hombro y le apartó el pelo del cuello.

–Es posible –contestó ella conteniendo el aliento.

–Algo... ¿un poco más gratificante...?

Tenía los labios rozándole la oreja y su voz era ronca y aterciopelada, una tentación en la que quería caer sin importarle las consecuencias. Quería darse la vuelta y besarlo, volver a paladear la pasión que le había mostrado antes. Sin embargo, creía que no podía dar ese paso. Quizá no la deseara y no creía que pudiera soportar otro rechazo, aunque fuese un rechazo físico.

Ethan le pasó las yemas de los dedos por el cuello. Ella se estremeció, se le endurecieron los pezones y una excitación dulce y densa como la miel se adueñó de ella. Sabía perfectamente lo que quería su cuerpo y también sabía que él podía dárselo. Lo que le asustaba eran los latidos desbocados del corazón y la punzada que sentía en el vientre.

Él la besó en el cuello y la punzada desapareció para dejar sitio al deseo. No había lugar para el miedo cuando se sentía tan bien, tan cálida. Volvió a besarla levísimamente en el hombro y ese contacto le retumbó por todo el cuerpo. Se dejó caer de espaldas contra su pecho desnudo. Él la agarró de los hombros y evitó que se derritiera y se cayera de la banqueta.

–Quiero verte –susurró él mientras le quitaba los tirantes del camisón.

La luz de la luna le iluminó los pechos. Ethan tenía la respiración entrecortada y le acarició el brazo con las yemas de los dedos. Ella se sintió fuerte, con una confianza en sí misma que no había tenido jamás.

–Eres más hermosa de lo que me había imaginado, y te había imaginado impresionante.

Ella intentó no hacer caso de la opresión en el pecho para centrarse solo en el deseo que la dominaba. No quería otra cosa. Solo quería que la acariciara. No sabía qué quería después, no sabía si estaba preparada para algo más, pero si la acariciara por lo menos...

–Tengo que acariciarte...

–Sí...

Él le tomó los pechos entre las manos y le pasó los pulgares por los pezones endurecidos.

–Ethan...

Noelle dejó caer la cabeza contra su tórax y no pensó en nada que no fuese el placer que le atravesaba el cuerpo y hacía que deseara algo más. Podía notar la ardiente dureza que evidenciaba el deseo de él. Entonces, lamentó no tener experiencia con los hombres y no saber qué hacer para complacerlo, para que él sintiera la mitad de lo que ella sentía con el más mínimo roce de sus manos. Volvió a besarla en el cuello, pero con más firmeza. Ella ladeó la cabeza y lo besó en la boca. La pasión estalló entre los dos, una pasión que la abrasó por dentro y le gustó mucho. Él introdujo la lengua, ella lo paladeó, lo devoró mientras la acariciaba con sus diestras manos. Se dio la vuelta, de rodillas en la banqueta, y le rodeó el cuello con los brazos. Él la agarró de las caderas para estrecharla contra su pecho desnudo. Le mordió ligeramente el labio inferior y a ella se le aceleró más todavía el corazón. Apartó los labios para intentar respirar. La besó en el cuello y las clavículas. Ella, en silencio, le pidió más. No estaba preparada para pedírselo en voz alta. Creía que no podía, pero lo deseaba, deseaba que le tomara los pechos con la boca, lo deseaba a él, a todo él.

–Ethan...

Era lo único que podía decir porque era lo único que tenía en la cabeza. Él se quedó petrificado y apartó la boca. El pecho le subía y bajaba y los ojos eran indescifrables en la penumbra.

–No debería haber pasado –él sacudió la cabeza–. No puede pasar.

El rechazo la atravesó y le disipó brutalmente la ofuscación del deseo.

–¿Qué...?

–No contigo.

Él la soltó y ella se tambaleó en la banqueta. Se apoyó en las teclas. El sonido fue espantoso y casi ensordecedor.

–No con...

Él se alejó, volvió a su habitación y cerró la puerta. Ella se quedó sentada y atónita. No por el comportamiento de ella, sino por el de él. La deseaba, ella lo sabía independientemente de lo que dijera él. «No contigo». ¿Por ser hija de su madre o porque no era suficientemente sexy? ¿Sería por algún otro motivo que se había inventado? Apretó los puños e hizo un esfuerzo para no aporrear las teclas y que él no pudiera dejarla al margen sin más. Estaba enfadada y abochornada, pero no desmoronada. Antes se había sentido más fuerte y, efectivamente, en ese momento se daba cuenta de que lo era. La antigua Noelle se habría hecho un ovillo o se habría paralizado para fingir que las cosas se arreglarían por arte de magia. Sin embargo, ya no iba a ocultarse. Tenía que recuperar su casa. Podía superar eso, no iba a permitir que una atracción disparatada o un rechazo fueran a impedirle alcanzar su objetivo. Si Ethan no la deseaba, no pasaba nada, lo sobrellevaría y nunca volvería a cometer el error de dejarse llevar por el deseo.

Capítulo 8

ACARICIAR a Noelle había sido abrasador. Su piel era muy suave y sus pechos perfectos. Abandonarla había sido infernal, había sido infernal alejarse de ella cuando lo único que deseaba era tumbarla en el piano y colocarse entre sus muslos para dejarse arrastrar por su cuerpo. Habían pasado doce horas y seguía tan excitado que le dolían los dientes. Sin embargo, no era el momento más indicado para pensar en otras cosas y ella, categóricamente, era la mujer menos indicada. Era como una broma monumental que su cuerpo reaccionara a ella. En realidad, decir que reaccionaba era decir muy poco, eso podía pasar entre cualquier hombre y mujer. Aquello era una combustión que hacía que se sintiera al límite y fuera de control, dos cosas que detestaba. Apretó los dientes e intentó contener la excitación que todavía palpitaba en él. Una parte de él no quería resistirse, quería dejarse llevar por esa sensualidad que Noelle despertaba entre ellos tan fácilmente. No, no podía ser. Aquello ya era bastante complicado sin meter el sexo por medio y dominaría el deseo.

Salió de su habitación y fue a la zona común de la suite. Estaba vacía y se preguntó si ella continuaría en su habitación y si seguiría llevando el diminuto camisón que llevaba la noche anterior. Al parecer, tenía una colección. Notó la erección contra la cremallera de los vaqueros e intentó pensar en otra cosa. En hojas de cálculo y en la caída de precios en el sector inmobiliario. Eso no era nada sexy. Sin embargo, Noelle sí lo era y no podía quitársela de la cabeza. Fue hasta el piano y la vio. Estaba en la terraza, sentada detrás de una mesa con un montón de documentos, un café con nata, supuso, y el ordenador portátil que él le había llevado. Abrió la puerta corredera de cristal y salió a la cálida mañana. Se deleitó con el olor de ella que le llevó la brisa ligeramente salada.

–¿Estás trabajando?

La miró fijamente. Tenía las cejas fruncidas por la concentración y sus dedos se deslizaban por el teclado como la noche anterior se habían deslizado por las teclas del piano. Notó otra vez la palpitación de la erección al pensar en la noche anterior.

–Sí –contestó ella sin mirarlo.

Estaba quieta y gélida. Sin embargo, se sonrojó y él se preguntó si no tendría experiencia con los hombres, algo que se contradecía completamente con lo que sabía de su madre y con lo que se había imaginado que habría sido su juventud... pero ese rubor... esas reacciones tan sinceras y ávidas... No, no iba a volver a pensar en eso.

–Te lo agradezco, pero no hace falta. Puedo hacerlo yo o puedo esperar hasta que volvamos a Estados Unidos.

–Da igual. Mejor dicho, es parte de mi trabajo, ¿no?

–En realidad, no.

–Tú me dijiste que...

–Te dije que podías hacerlo y puedes, pero no es lo que necesito de ti.

Ella se puso más roja todavía y lo miró.

–¿Qué es... lo que necesitas de mí?

Unos días en su cama, sin salir de la habitación para olvidarse del mundo durante un tiempo. Era una idea más tentadora de lo que debería ser.

–Lo que comentamos al principio –contestó él con la voz ronca por el deseo–. Mis prioridades no han cambiado y supongo que las tuyas tampoco.

–No –confirmó ella mirando hacia otro lado.

–Perfecto –él se sentó enfrente de ella–. Anoche...

–Sé lo que pasó –le interrumpió ella.

–¿De verdad?

Él estaba empezando a preguntarse si lo sabía.

–Hay una... tensión entre nosotros. Mentiríamos si lo negáramos. Fue... una forma de... liberar la tensión.

–Sí, estoy mucho menos tenso.

–Y yo.

–Mentirosa.

Ella se giró para mirarlo otra vez.

–Tú fuiste quien... paró.

–Era lo que había que hacer, Noelle.

–Lo sé.

–¿Lo sabes?

–Claro. Una relación sexual entre nosotros complicaría demasiado las cosas. Me alegro de que uno de los dos pensara con claridad. Solo quiero pasar por esto y recuperar mi casa. Es lo único que quiero de ti.

La noche anterior no había sido lo único que había querido de él. Además, de no haber sido por ese rubor, habría dado por supuesto que ya no se acordaba de lo que había pasado.

–No te preocupes –siguió ella–, podré fingir para la prensa. Lo que ha pasado, ha pasado y no cambia nada. Yo sigo esperando lo mismo.

–¿De verdad?

Lo que esperaba su cuerpo había cambiado muchísimo.

–Representaría mi papel aunque esperara otra cosa. Siempre he sido buena actriz.

–Eras música, no actriz.

Ella miró por encima de él a un punto indefinido.

–Lo era. Pasaba todo el día ensayando, hasta que me sangraban los dedos de rozarlos con los bordes de las teclas. Mi madre me gritaba para que lo hiciera mejor, con más precisión y nitidez. El profesor iba de un lado a otro e intentaba intermediar entre las dos. Cuando fui un poco mayor, empecé a gritarle también y, entonces, me daba una bofetada. Luego, tenía que salir al escenario, sonreía y tocaba como si no hubiera pasado nada. Soy una actriz, Ethan, mejor que muchas de Hollywood –Noelle se levantó y cerró el ordenador–. Tengo que ducharme.

Él la agarró de la muñeca y ella se quedó inmóvil un instante.

–Evidentemente, la aventura con mi padre fue el menor de los pecados de tu madre –ella miró hacia otro lado, pero él le agarró la barbilla entre el índice y el pulgar para que lo mirara–. Lo que te pasó no fue normal. No tienes que vivir así.

No era tan necio como para no saber que Noelle no era como su madre. Lo supo a los pocos días de conocerla, pero nunca se había imaginado que hubiese pasado por eso. Nunca había sospechado que la hubiesen controlado de esa manera.

–Ya sé que no debería ser así, pero no sé muy bien cómo debería vivir –replicó ella.

Noelle entró en la suite y cerró la puerta corredera.

–Dime una cosa que no pudieras hacer.

Noelle dio un respingo cuando Ethan entró en la zona común de la suite y le dio un vuelco el corazón. Después de la noche anterior, estar cerca de él era... Quería salir corriendo o subirse a él como si fuese un árbol, según el momento.

–¿Cuando era más joven?

–Sí. ¿Qué era lo que no te permitía hacer tu madre? Algo frívolo y que no tuviera nada que ver con el piano.

Se le ocurrieron muchas cosas. Ir de compras, ir al cine, quedar con chicos... Eso le recordó la noche anterior y sintió una oleada ardiente por el cuerpo. Cómo la acarició, las cosas que sintió... Sin embargo, la rechazó. No al sexo, a ella en concreto. Le gustaría saber por qué y también le gustaría no saberlo. También le gustaría que no estuviese tan empeñado en enmendarlo. Estaba segura de que quería subsanar el daño que hubiera podido hacerle al darle la espalda, pero necesitaría algo más que salir un día con ella para borrar esa humillación. Aun así, masoquistamente, quería estar cerca de él, pasar un día con él.

–Nada –contestó ella.

–¿No había nada que no te permitiera hacer tu madre?

–No. Quiero decir que no me permitía hacer nada. Practico constantemente incluso ahora. ¿Para qué? ¿Para un concierto que no daré nunca? Nunca me permitió pasar un día a mi aire. Si salíamos de compras, era para mi madre; si íbamos a comer a algún sitio, también era para ella. Nunca fuimos a la playa porque no podía soportar la arena en los zapatos.

–Entonces, eso es lo que haremos hoy.

–¿Qué?

–Nada y todo. Lo que tú quieras.

Eso hizo que se imaginara sus besos y sus caricias. No podía entender que siguiera deseándolo cuando había quedado claro que él no la deseaba. Se hizo un silencio tan tenso que pensó que podría cortarse con un cuchillo.

–Ethan, ¿por qué estás haciendo esto? –le preguntó ella lentamente.

–Porque quiero. Porque es posible que yo también necesite no hacer nada.

–Entonces, no haremos nada.

–Parece un buen plan.

Noelle miró el helado de vainilla que se le derretía. Había estado observando las olas que llegaban y se alejaban. Ethan se había marchado para contestar una llamada y por fin había podido respirar. Todo el día había sido... había sido casi divertido y habría sido completamente inútil para su madre. Habían dado un paseo por un pueblo histórico de la costa, habían comido pescado con patatas en una cabaña y luego habían comprado un helado en una heladería al borde del mar. Había sido perfecto, pero no tan relajante como había esperado, nunca lo era cuando estaba cerca de Ethan. Hacía que se sintiera alerta, con la piel especialmente sensible, como si la sangre le fluyera más cerca de la superficie, como si todo fuese más real y fantástico al mismo tiempo.

–Me comeré un poco de ese helado.

Ethan volvió con dos botellas de agua. Llevaba sandalias y un pantalón corto. Estaba más sexy de lo que debería estar un hombre. Se sentó al lado de ella, que no supo si acercarse o alejarse más y se quedó donde estaba.

–Ya te has comido el tuyo. Te lo has comido demasiado deprisa –replicó ella lamiendo el helado de cucurucho.

–El tuyo está derritiéndose. Necesitas ayuda.

–Te aseguro que no.

Ella volvió a lamerlo entre risas.

–Aunque me encanta verte hacer eso, mi opinión profesional sigue siendo la misma.

Él sonrió y ella vio al playboy encantador que él podría ser. Sin embargo, sus ojos reflejaban una pasión que iba más allá del mero coqueteo.

–Yo...

Él se inclinó y a ella se le paró el pulso. Estaba tan cerca que si inclinaba mínimamente la cabeza, los labios se rozarían. La inclinó él, pero no como ella había esperado. Lamió el helado y retiró la cabeza.

–Gracias –dijo él con la voz ronca.

A ella le temblaba la mano. Verle lamer el helado había sido muy excitante. No se reconocía a sí misma. Mejor dicho, estaba empezando a conocerse. Unos besos y caricias en la banqueta del piano y un helado de cucurucho... Era como si estuviera descubriendo que tenía una parte distinta cuando siempre había pensado que solo existía una. Todo había girado alrededor del piano, pero eso era vivir de verdad.

–Ha sido... maravilloso. Gracias –dijo ella intentando recuperarse de la escena de él lamiendo el helado–. Perdóname por todo lo que te solté antes sobre mi madre.

–Todos necesitamos desahogarnos de vez en cuando.

–Los dos hemos salido perdiendo en el sorteo de los padres, ¿no?

–Eso parece.

–¿Te quedarás satisfecho cuando consigas los hoteles? Quiero decir, ¿te conformarás? ¿Habrás ganado?

–¿Es una pregunta con truco? –preguntó él.

–No, me lo pregunto sinceramente. Yo quiero... quiero recuperar mi vida. No exactamente como era. Quiero pasar días en la playa, pero también quiero actuar. Quiero reconocimiento, trabajar mucho y que se recompense. El dinero. No sé qué hacer sin dinero y tengo que pensar que si tienes una meta así, cuando la alcanzas, te quedarás satisfecho.

Ethan miró el resplandor del sol en las olas con el ceño fruncido.

–No sé qué contestar. La verdad, me da igual. Me siento feliz por seguir luchando para lo siguiente, que sea más grande y mejor.

–Eso parece... agotador.

–¿Más agotador que repetir ejercicios de piano toda la vida?

–Infinitamente más.

–La vida es así, Noelle. Si avanzas, consigues más. No creo que te dieras por satisfecha solo por volver a tocar. Si llenaras un teatro, ¿no querrías llenar un estadio?

–Yo no...

Ella no terminó la frase. No le gustaba lo que él estaba diciendo porque se parecía aterradoramente a lo que ella temía que fuese verdad. Quizá no se conformara con retomar su profesión, quizá volviera a esa vida y la encontrara tan vacía como la que tenía en ese momento.

–Yo no lo creo –siguió ella–. No necesitaría más, sería feliz sentándome al piano, tocándolo.

–Es posible que creas que sentarte al piano te satisfaga. La verdad es que sabes pasarlo bien en la banqueta de un piano, ¿no?

Sus palabras fueron como una bofetada física y el tono hiriente la desconcertó. Se levantó y se quitó la arena de los pantalones cortos.

–¿Por qué...? ¿Por qué... me dices eso?

–Noelle...

–Quiero irme. Ha sido un día... divertido. Ha sido estupendo desconectar un rato de la vida, pero los dos tenemos un plan y perder el tiempo en la playa no entra en él.

–No, para ninguno de los dos.

–Creo que perder el tiempo en la banqueta de los pianos tampoco.

Ella se dio la vuelta y volvió al camino que llevaba

al paseo marítimo. Un poco de ruido le sentaría bien, cualquier cosa que la distrajera de la herida abierta que tenía en el pecho. ¿Cómo había podido decirle eso? Como si ella permitiera siempre que los hombres la tocaran así. Sin embargo, quizá lo creyera. Además, ¿qué pasaba si lo hiciera? Él era un playboy empedernido y si ella quería pasarlo bien con los hombres en la banqueta del piano, era asunto suyo. No era asunto de su madre ni de Ethan, era asunto suyo. Se dio la vuelta y no le extrañó ver a Ethan a un par de pasos de ella.

–¿Sabes una cosa, Ethan? No es asunto tuyo lo que haga en mi tiempo libre. Aparte de esta farsa, mi vida no es de tu incumbencia. Podría acostarme con cien hombres y no serías quién para juzgarlo. Yo soy quien tiene que vivir mi vida, la única que convive conmigo.

Volvió a darse la vuelta y se alejó con el pulso palpitándole en la cabeza y el cuerpo tembloroso. Era verdad y no se había dado cuenta hasta que lo había dicho. Ella tenía que vivir su vida, nadie más. ¿Por qué había tomado siempre el camino que le indicaban los demás? ¿Por qué seguía repitiendo ejercicios todos los días durante horas? Era su vida por mucho que su madre la hubiese considerado la de ella y por mucho que su profesor le hubiese alentado la vanidad por el éxito. No había tenido derecho. Estaba enfadada por su situación y por ella misma, por todo lo que había aceptado porque había creído que solo podía hacer lo que le dijeran.

Ethan la agarró con fuerza del brazo sin importarle que la gente los mirara como si fuesen a presenciar una discusión monumental.

–Tienes razón, Noelle, no soy quién para juzgarte y no te juzgo. Mi comentario no venía a cuento.

Sus ojos tenían un brillo tan intenso que indicaban lo contrario que sus disculpas.

–¿De verdad?

–De verdad.

–Te has disculpado...

–Sí.

–Creo que nadie se había disculpado conmigo.

–Tengo seguridad en mí mismo, Noelle, y cuando me he equivocado, puedo reconocerlo. No es de mi incumbencia los hombres con los que te has acostado o hayas querido acostarte. Ha sido por mi frustración sexual y ciertos celos, que, para ser sincero, no siento nunca.

–¿La frustración sexual o los celos?

–Ninguna de las dos cosas.

–Ah...

–Pareces asombrada.

–Creo que nunca había despertado ningún sentimiento en un hombre. Sí, estoy un poco asombrada. A lo mejor, tan asombrada como lo estás tú.

–Imposible. Estoy seguro de que consigues que los hombres sientan esto todo el tiempo.

Él la miró fijamente y apretando las mandíbulas.

–Yo... yo lo dudo.

Él se acercó, subió la mano por el brazo hasta alcanzar el hombro, le acarició el cuello con el pulgar y luego introdujo los dedos entre su pelo.

–Yo no lo dudo lo más mínimo. Eres muy hermosa.

–Ethan, creía que habíamos decidido que es... una mala idea.

Ella no lo soportaba. ¿Qué era una mala idea? Se sentía bien con él y era muy cálido. Todo había sido helador, seco y mortecino durante mucho tiempo. Ethan era como el sol. Quería empaparse de su calidez y de las cosas nuevas que parecían brotar cada vez que la tocaba.

Sin embargo, era una mala idea. Lo habían decidido y ella lo había aceptado. Se acercó más a él, que seguía acariciándole el cuello y abrasándola por dentro. No quería apartarse, no quería romper el contacto con él.

Era su vida y tenía que vivirla. Quería que Ethan entrara un poco en ella hasta que fuera posible. La enfadaba, la alegraba y la excitaba. Hacía que sintiera algo, hacía que se diese cuenta de cosas, como las necesidades y los deseos, que nunca había tenido presentes antes. Era como darle una dimensión nueva a la vida y eso era más profundo que la playa y los helados, era como si todo fuese más profundo y amplio. No quería alejarse de eso, quería meterse de cabeza en ello.

Se puso de puntillas y lo besó en los labios con el cuerpo tembloroso, como si el contacto con su cuerpo hubiese sido una descarga eléctrica. Eso no la satisfizo lo más mínimo. Se sentía como si él fuese agua y ella hubiese estado perdida en el desierto. Se sentía insaciable. Le pasó la lengua por los labios para deleitarse con su piel. La noche anterior no se habían besado lo bastante. Él la había acariciado, la había complacido, pero quería más, lo quería todo.

Él dejó escapar un gruñido, le rodeó la cintura con un brazo y la estrechó contra su musculoso cuerpo. Ella se arqueó para sentir el abultamiento de su erección en el abdomen. Entonces, se dio cuenta de que estaban en el paseo marítimo a plena luz del día.

Se apartó parpadeando, se pasó los dedos temblorosos por el pelo y miró alrededor. Solo había un par de personas en fila para comprar helados que no se habían fijado en ellos. Perfecto...

–Para ser alguien a quien enseñaron a no llamar la atención por motivos escandalosos, no estoy haciéndolo muy bien.

–Me besaste...

–No... no me refiero a tu atención. La gente nos mira.

Ella bajó la cabeza y se dirigió hacia el hotel.

–¿No se trata de eso? Estamos prometidos...

–No se trataba de eso... ahora. Para mí, quiero decir.

–Entiendo. Entonces, ¿qué era?

Ella se detuvo y se puso en jarras.

–Si fueses un caballero, no lo preguntarías.

–Nunca he dicho que fuese un caballero.

–Efectivamente.

–Tienes razón –Ethan suspiró–. Es una mala idea.

Ella sintió que la dominaba el pánico.

–No me refería a todo el trato, solo al beso. Lo necesito, Ethan. Necesito mi casa.

Él frunció el ceño, tendió una mano y le acarició la mejilla.

–Estás roja, necesitas crema protectora.

–Por favor, dime que no te refieres a todo el trato –insistió ella.

–Creo que todo ello es una mala idea, Noelle, pero no voy a echarme atrás. Pero es un trato... comercial. Tenlo presente.

–Lo... lo tendré. Deberíamos irnos.

Naturalmente, si lo sintiera como un trato comercial el corazón no le latería de esa manera ni los labios anhelarían sus besos. Seguían en el paseo lleno de gente, pero, aun así, se sentía como si fuesen las dos únicas personas del mundo. Al menos, la dos únicas que le importaban. No sabía muy bien qué significaba eso ni por qué la enfurecía y hacía que se derritiera por dentro en cuestión de minutos.

–Sí, esta tarde tengo que trabajar un poco –reconoció Ethan.

–Ah, perfecto.

Eso significaba que no podrían estar juntos y que quizá pudiera entender lo que estaba pasándole por dentro. Tenía que analizar esos sentimientos recién descubiertos y las revelaciones que iban a cambiarle la vida.

–Quiero decir –añadió ella–, así podré darle vueltas a esa canción que empecé anoche.

Saltó una chispa entre los dos cuando se acordaron de lo que había interrumpido la composición de la canción. Sus labios en su cuello, sus manos en sus pechos...

–Deberías ponerte esto.

Él sacó un estuche de terciopelo del bolsillo del pantalón corto y se lo dio sin abrirlo. Ella lo tomó en la mano con fuerza, como si dentro hubiera una araña venenosa y no el enorme anillo de compromiso que sabía que había. En realidad, el anillo la asustaba más que la araña.

–¿No vas a abrirlo?

–Luego.

No iba a abrirlo en el paseo lleno de gente ni cuando se sentía en carne viva por todo lo que había pasado durante la semana anterior.

–Muy bien. Mañana volveremos a Estados Unidos y las cosas volverán a ser normales.

Ella asintió con la cabeza y agarró con más fuerza el estuche. No le preguntó qué consideraba normal porque empezaba a preguntarse si alguna vez había vivido algo normal. Eso no era normal. Besar a un hombre en público, gritarle, que él le diera un anillo y casarse por una casa no era normal. Lo que sentía por Ethan era menos normal todavía que la farsa de la boda.

Había esperado que volver a actuar en público, ser famosa y alojarse en hoteles de lujo haría que se sintiera ella misma otra vez. En ese momento, se preguntaba si alguna vez había sabido lo que quería. Miró el perfil de Ethan y sintió una punzada en las entrañas. Sabía que quería una cosa, pero, probablemente, era a lo que debería renunciar.

Ethan se equivocó al decir que en Nueva York todo sería normal. Despertarse en esa cama tan suave y lujosa no tenía nada de normal y hablar con Ethan todos los días, aunque fuese de frivolidades, tampoco. Era como tener compañía, casi, un amigo. Alguien a quien contarle lo que hacía durante el día. Iba tres días a la semana a trabajar con él y perseguía a su asistente para aprender distintas tareas. El día anterior, Ethan no fue a recogerla y ella llamó a su asistente para compartir un taxi. Se sentía bien, como si estuviera haciéndose una vida de verdad, su vida, no los retazos de una vida que nunca había sido la suya.

Ethan estaba a punto de llegar y ella no podía dejar de ir de un lado a otro. No podía relajarse cuando estaba con él aunque llevaran un mes juntos y hubiesen pasado tres semanas desde que se besaron. Fue hasta el piano y pasó un dedo por las teclas. Se le encogió el estómago como cuando Ethan la tocaba. Había estado trabajando en la canción que empezó en Brisbane, pero no había avanzado mucho. Le costaba escribir música, al contrario que antes.

Se sentó en la banqueta y empezó a tocar hasta que las notas llenaron la habitación vacía y la llenaron a ella. Se dejó llevar por los sentimientos. Vio a Ethan, lo recordó aquella noche detrás de ella. Recordó cómo la acarició. No había querido pensar en ello desde que llegó a Nueva York, pero en ese momento no puso reparos. Era fácil poner sentimiento en la música. No era una canción como las que escribió hacía unos años. Esas canciones eran el fruto de la capacidad técnica, sobre todo, porque había tenido que dominar la creatividad para satisfacer a su profesor con la estructura de la obra. Sin embargo, en esa estaba ella misma sin someterse a lo que su profesor consideraba comercial. Estaba expresando sus sentimientos con vacilaciones, pero era enérgica, profunda y sincera. No la vaciaba de los sentimientos, los reforzaba, crecían dentro de ella y brotaban de las yemas de sus dedos.

No supo cuánto tiempo había estado tocando el piano, cuántas veces había repetido la pieza para asentarla en su cabeza. Cuando dejó de tocar, se quedó petrificada para que todo se adueñara de ella. Notó las lágrimas en las mejillas y se llevó una mano a la boca para contener el sonido agudo que quería escapar. Dejó que todo sucediera porque nunca lo había hecho antes. Había intentado aferrarse a un pasado que quizá no hubiera elegido ella, pero en el que había estado muy a gusto. Además, nunca había seguido adelante, había cercenado todo dentro de ella y había perdido la música. No los teatros llenos y los CDs, sino la música que siempre había llevado dentro y que había dado color a su forma de ver y oír el mundo. Estaba encontrándola otra vez, pero era distinta, era propia.

–¿Estás bien?

Ella se dio la vuelta secándose las mejillas para intentar disimular el llanto.

–Estoy muy bien.

–No lo parece...

Ethan, quien sí estaba muy bien con su traje hecho a medida, entró más en la habitación.

–Lo estoy, Ethan.

–¿Por qué estás llorando?

–Tengo una canción.

Le pareció insustancial. Para ella tenía sentido, pero supuso que Ethan no lo entendería.

–¿Has terminado aquella que empezaste en Australia? –preguntó él con la voz ronca.

Otra vez aquellos recuerdos. Sabía que estaba pensando exactamente lo mismo que ella.

–Más o menos. He partido de esa canción, pero también ha sido distinta. Sin embargo, creo que tengo algo de verdad. Hacía mucho tiempo que... Podía repetir ejercicios, tocar canciones que sabía, pero no salía nada nuevo y era como si me hubieran amputado algo. La música siempre ha estado dentro de mí. Así empezó todo. Componía música desde tan pequeña que mi madre vio un potencial que había que rentabilizar.

–Entonces, empezaron las lecciones...

–Con el mejor profesor. Neil era... es un genio. Fue mi punto de apoyo hasta que mi madre se largó con todo el dinero y no pude pagarlo más.

–¿Después de tantos años?

–Él renunció a todo por mí, a todos los demás alumnos. Resultó que mi madre no lo había pagado durante dos años y no pudo aguantar más. Quiero decir, después de tantos años, no necesitaba un profesor, pero era un mentor, lo más parecido que he tenido a un amigo. Me entendía. Mi madre estaba conmigo casi las veinticuatro horas del día. Viajaba conmigo y se ocupaba de que hiciera lo que tenía que hacer para que el dinero siguiera llegando, pero nunca intentó conocerme.

Ethan se acercó al piano y puso la mano encima de la resplandeciente tapa.

–Ella se lo perdió, Noelle.

–Sabes cómo decir algunas cosas agradables, Ethan.

–Es un don.

Él le miró la mano.

–Sigues sin llevar el anillo...

–No... Puedo ir a por él. Está en el cuarto de baño.

–Tendrás que acabar poniéndotelo. Tengo pensado hacer una fiesta por nuestro compromiso, pero todavía no parecemos prometidos.

–No saldrá bien –replicó ella tragando saliva.

Él se inclinó hacia delante y ella contuvo la respiración.

–No, no saldrá bien.

Él se dio la vuelta y se marchó de la habitación. Normalmente, esa distancia le permitía respirar un poco mejor, pero esa vez sabía lo que se avecinaba. Él volvió con ese estuche que se había quedado cerrado desde que él se lo dio. Se levantó de la banqueta y se quedó con las manos agarradas delante de ella para intentar que no le temblaran. También intentó no expresar nada con el rostro. El problema no estaba en el anillo, sino en la importancia que ella le había dado. Tenía que recordar que solo era un elemento más para darle verosimilitud a la farsa.

Ethan abrió el estuche. Ella se quedó mirando el anillo de platino con un diamante cuadrado en el centro. No quería tocarlo, no quería dar el paso de ponérselo en la mano izquierda. Le parecía bien decir que se casaría con él para conseguir la casa, pero eso lo hacía demasiado real, le obligaba a afrontar lo que estaba haciendo.

–Ponte mi anillo, Noelle...

Ella levantó la mano y no pudo disimular el temblor de los dedos mientras tomaba el anillo y se lo ponía.

–Es precioso...

–Pronto habrá terminado todo –replicó él alejándose un poco.

Ella debería haber sentido alivio, pero no lo sintió, se sintió un poco mareada.

–Lo sé.

–Estaré bastante ocupado esta semana, pero anunciaremos el compromiso en el periódico. La fiesta será el viernes.

–De acuerdo, hasta entonces.

Pasaría cinco días sin ver a Ethan. También debería haber sentido alivio por eso, por tener la ocasión de ordenar las ideas, pero, aunque fuese una estupidez, ya lo echaba de menos.

Capítulo 9

HABÍA llegado la fiesta de compromiso, habían pasado cinco días desde la última vez que vio a Noelle y le puso el anillo en el dedo y habían pasado veintiséis desde que la besó. Era imposible no contar el tiempo cuando se alteraba solo de pensar en ella. No había deseado a ninguna mujer como a ella. Peor aún, no había sido capaz de mirar a otra mujer desde que la conoció. Daba igual que estuviera vedada para él. Lo cual era paradójico cuando tendría que tratarla como un enamorado durante toda la noche.

La estrechó más contra sí mientras entraban en el salón de baile del hotel. Notaba su energía en el costado. Había algo que había cambiado en ella. Estaba viva, no como cuando fueron a visitar a su abuelo o la primera vez que aparecieron en público. La miró. Sonreía de oreja a oreja y sus ojos azules tenían un brillo resplandeciente. Volvía a llevar pintalabios rojo, pero esa vez hacía que tuviera más color, no que pareciera más blanca, y entonaba con el vestido granate que se le ceñía a las esbeltas curvas del cuerpo. En cierto sentido, esa fiesta era para ella. Todo el mundo la miraba y ella absorbía las miradas como si fuesen rayos de sol. Él lo sabía porque era lo que habría hecho su madre, quien nunca se daba por satisfecha y siempre necesitaba algo más. Nunca le bastaba su familia, quienes la amaban, y hubo un tiempo que resultó excesivo... cuando su padre forzó demasiado las cosas.

Tragó saliva y agarró a Noelle con más fuerza. No creía que ella fuera a caer tan bajo como su madre, pero el parecido era bastante aterrador. Era curioso que al principio se empeñara en compararla con la madre de ella, con la mujer que tanto daño le hizo, y que hubiera acabado comparándola con su propia madre.

–¡Noelle Birch! –exclamó Sylvie Ames, aquella mujer de la alta sociedad en cuyo cumpleaños tocó Noelle.

Él notó que se ponía rígida. Lo pasó mal cuando fue a la fiesta de Sylvie y no sabía cómo lo pasaría al tener que hablar con ella.

–Sylvie... –la saludó Noelle con delicadeza.

–Estaba preguntándome dónde te habías metido y apareces aquí con Ethan Grey. ¡Es impresionante! Sentí mucho no haber podido hablar contigo en mi fiesta de cumpleaños.

–No importa, había mucha gente.

–Siempre me ha gustado tu música. ¿Vas a sacar otro disco pronto? Me encantaría que tocaras en una pequeña reunión que voy a celebrar el mes que viene.

Él notó que Noelle se relajaba mientras comentaba las fechas que tenía libres con Sylvie. Sylvie los besó a los dos y se alejó como una princesa.

–Al parecer, tienes una actuación...

–Sí... Creía que nadie se acordaba de mí.

–¿Por qué? Siempre has tenido talento y, con el tiempo, tendrás más, no menos.

–No se trata solo de talento, Ethan. Los contactos y el tirón comercial también cuentan. La gente paga para ver a una niña que toca un piano de cola inmenso aunque casi no llega a los pedales. Ya he crecido y no intereso al público.

–¿Quién te ha dicho eso?

–No hace falta ser adivino, Ethan.

–Tu madre. Creo que deberías dar por supuesto que todo lo que te ha dicho es un montón de sandeces, pero eso es solo lo que yo pienso.

–No es tan sencillo. Toda mi vida confié en ella. ¿No confiaste tú en tu padre durante más tiempo del que deberías haber confiado?

–No lo sé. Ni siquiera sé si confié en él alguna vez. Pronto estuvo claro que pasaba más tiempo con su amante que con nosotros. He perdido la cuenta de las veces que vi a una mujer salir de su despacho poniéndose los zapatos. Yo era joven, pero no estúpido.

–Ethan, eso es...

Él no quería que ella lo consolara.

–No es nada –mintió él–. Además, cuando consiga los hoteles, se hará justicia. No puedes tratar a la gente con tanta falta de consideración y esperar que no vaya a pasar nada.

–Eso es lo que ha hecho mi madre. Se quedó con todo.

–No se quedó con tu talento.

–Me arrebató la música durante un tiempo.

–Pero la has recuperado.

–Sí –ella frunció el ceño–. En cierto sentido, me asusta más que si hubiera desaparecido.

Una serie de invitados y admiradores de Noelle los interrumpió. Que su nombre hubiera vuelto a aparecer en los periódicos le había recordado a todo el mundo quién era y que hacía mucho tiempo que no se hablaba de ella. Contó que había estado descansando durante un año. También se parecía a su madre en eso, podía disimular los fracasos con una risa desenfadada y alguna mentira piadosa.

Él, sin embargo, creía sinceramente que podía seguir su carrera de pianista. Cuando tocaba, era como si alguien le exprimiera el corazón. Su música lo conmovía visceralmente y no podía ser al único que le pasara eso. Tenía un don y eso era algo más que la novedad de una niña que tocaba el piano. Estaba seguro de que recuperaría eso indefinible que necesitaba para seguir, para ganarse la adoración del público y que sus fotos salieran en la prensa sensacionalista. Él se quedaría con los hoteles Grey's. Así podría ver cómo se hundía el mundo de su padre, como él, Damien Grey, había hundido el de otras muchas personas. Quizá pudiera encontrar alguna satisfacción en todo eso.

Sin embargo, todas esas metas que lo habían obsesionado desde que era un adolescente le parecían insignificantes cuando pensaba en sus... encuentros con Noelle. No solo ese momento en la habitación del hotel, sino también el beso en el paseo marítimo. Algo casi insignificante, algo que no habría tenido importancia con otra mujer. Normalmente, un beso era un comienzo, no un acontecimiento en sí mismo. Besar a Noelle era distinto y quiso besarla más que respirar.

Naturalmente, esa fiesta era para exhibir su relación y divulgar su próximo matrimonio. Por lo tanto, salir con ella al jardín no estaría mal visto... Estaba dispuesto a hacerlo cuando Sylvie volvió a acercarse a ellos con un hombre mucho mayor.

–Noelle, por favor, ¿te importaría tocar algo? Ya sé que es tu fiesta, pero estaba contándole a Jacques lo bien que tocas y él nunca ha tenido el placer de oírte tocar en directo.

–Soy un admirador –intervino Jacques–. Sería un honor.

Noelle miró a Ethan con los nervios y la emoción reflejados en los ojos.

–Es tu fiesta...

La observó abrirse paso entre la multitud vestida de negro, que era una especie de uniforme en Nueva

York. Su pelo dorado, la piel blanca y el vestido de seda granate eran una mancha de color y luz que no podía pasar desapercibida mientras se dirigía al escenario. Una vez allí, sentada al piano, todas las miradas se dirigieron a ella. Apoyó las manos en las teclas y él habría jurado que había notado las yemas de sus dedos en el cuerpo. Unos dedos largos y elegantes que acariciaban las teclas del piano y que podía imaginárselos fácilmente sobre la piel. Empezó a tocar una pieza que reconoció porque la había oído muchas veces en grandes almacenes. Supuso que era de algún disco antiguo, pero que al oírla allí y al verla tocándola se convertía en una experiencia nueva. Le pareció que iba dirigida solo a él. Sintió una opresión en el pecho y le costó respirar mientras la excitación se adueñaba de él. Cada nota era como una caricia y el ritmo era como hacer el amor, rápido y enérgico primero y más lento y delicado después. Todo lo que quería hacer con ella, todo lo que había soñado...

Ella levantó la cabeza y miró a la gente, lo miró a los ojos sin dejar de tocar, moviéndose por el esfuerzo, toda ella entregada a la interpretación. Se movería así en la cama, con pasión, con entrega. Apretó las mandíbulas para contener el deseo que estaba dominándolo. No quería que le sacaran una foto que mostrara su erección por la interpretación de su prometida, aunque le daría verosimilitud a todo... Frunció el ceño. No quería pensar así, no quería que el trato que había hecho llegara a eso porque eso era auténtico. El deseo por ella le parecía más auténtico que cualquier otra cosa que pudiera recordar. Sus aventuras ya eran algo difuso por el paso del tiempo, pero creía sinceramente que nunca se había sentido tan excitado por una mujer que estaba a más de treinta metros de distancia. No era el único que estaba fascinado. Todo el mundo estaba hipnotizado.

Había conseguido que todo el mundo sintiera lo que ella tenía dentro. Cuando la última nota quedó flotando en el aire, la emoción lo tenía atrapado. La gente aplaudía, pero él no podía. Quería oír más, sentir más. Sin embargo, esa sería la única ventana abierta a ella y a sí mismo.

–Es increíble –comentó Jacques.

El francés estaba mirando a Noelle con un brillo en los ojos y sonriendo. Ethan quiso darle un puñetazo. Algo inesperado y un tanto primitivo, pero no lo lamentó.

–Y es mía.

Ethan se alejó de Sylvie y Jacques y llegó al escenario justo a tiempo para tomar la mano de Noelle mientras ella bajaba.

–¿Ha estado bien? –le preguntó ella.

–Increíble.

Él inclinó la cabeza y la besó. Era parte de la farsa, algo necesario que no debería abrasarlo por dentro. Sin embargo, cuando se separaron, a él le costaba respirar y tenía el cuerpo en tensión por el deseo.

–Increíble... –susurró ella.

–Esperemos que la fiesta termine pronto –comentó él con la voz ronca.

Necesitaba distancia, necesitaba que ella se fuera a su suite y él necesitaba volver a su casa para darse una ducha de agua fría. Alejarse era lo único que podía hacer, pero, por primera vez, se preguntó si tendría fuerzas para hacerlo.

El beso que le había dado en la fiesta había cambiado algo. Quizá no fuese el beso y fuese la actuación... o las dos cosas. Fuera como fuese, Noelle tomó una decisión cuando los labios de Ethan tocaron los suyos. Iba a conseguir a Ethan Grey. Iba a conseguir lo que quería tener con él durante una noche, una semana o el tiempo que fuese. Esa noche había tocado para ella misma y para todo el mundo sin que le dieran permiso. Había sido increíble, la mejor sensación que había tenido en un escenario. Quería algo más. No solo de Ethan, sino de la vida. ¿Por qué limitarse a pensar en el día que recuperaría la casa? Había mucha vida hasta entonces. Se había pasado toda la vida con anteojeras. Tenía que tocar el piano y ser famosa, todo lo demás no existía. Sin embargo, había descubierto otras cosas al conocer a Ethan. El deseo, un día en la playa, introducir datos... Quería seguir por ese camino y esa noche estaba decidida a hacerlo. Ethan se detuvo al llegar a la puerta de la suite.

–Hasta mañana.

–Espera.

Ella ya lo había dicho, para bien o para mal, y solo podía seguir. Él la miró con los ojos velados.

–Podría no ser muy buena idea...

–Quiero tocarte la canción que empecé en Australia, quiero que la oigas.

Él dudó, cerró los puños y apretó las mandíbulas.

–Ethan...

Él entró en la habitación. La tensión de su cuerpo demostraba el esfuerzo que estaba haciendo para dominarse y le indicó que sabía lo que ella estaba pidiéndole... y que, al entrar, no lo había aceptado. Corría el riesgo de que la rechazara, pero compensaba porque él la deseaba. Lo que lo disuadía era la relación entre sus padres, no entre ellos. Quizá también debería disuadirla a ella, pero nunca había tenido la sensación de que lo que había hecho su madre la afectara a ella. Se sentía al margen de la historia que había habido entre sus padres. Ethan no podía porque eso había afectado a su familia, pero si comprobara que ella no era como su madre, quizá llegara a desearla.

Ethan fue hacia el sofá deshaciéndose el nudo de la corbata y sin dejar de mirarla. A ella se le aceleró el corazón y sintió algo electrizante entre ellos. Fue hasta el piano y, para tranquilizarse, intentó imaginarse que había una multitud, como en la fiesta. Sin embargo, incluso entonces notó que Ethan la miraba y tuvo que darse la vuelta para mirarlo también. Era mucho más difícil actuar para una sola persona. Sin embargo, pensó en lo que sentía gracias a él. Tomó aliento y empezó a tocar. Lentamente primero, imaginándose un helado en la playa. Se imaginó las caricias de Ethan y sus besos, no pensó en nada más que en los sentimientos inmediatos, en la emoción, la excitación, la alegría... Se olvidó de todo menos de Ethan y tocó para sí misma, para grabar los recuerdos de todo lo que habían compartido, para expresarlo como otras personas lo habrían expresado en un diario. Era una canción que podría tocar cuando quisiera, cuando todo aquello hubiese terminado y echara de menos a Ethan. Así podría recordar, con toda nitidez, lo que había sentido al estar con él. La música fue haciéndose más intensa, como lo que sentía en ese momento. La necesidad de él; el miedo a que la rechazara; el miedo a que la aceptara... Entonces, dejó de tocar y la habitación quedó en silencio. Apartó los dedos temblorosos del teclado, se dio la vuelta y lo miró.

–No puede terminar así –comentó él en voz baja.

–No, pero... no sé cómo termina. Esperaba que tú pudieras mostrármelo.

El aire era denso y Ethan estaba inmóvil, agarrado al brazo del sofá. Se acercó a él, quien tomó aire y se agarró con más fuerza al sofá.

–¿Cómo quieres que termine, Noelle? –preguntó él

como si tuviera que hacer un esfuerzo para decir cada palabra.

–Me gustaría retomar las cosas donde las dejamos aquella noche en Australia y que terminaran como debieron terminar entonces.

–Debieron haber terminado antes de que empezaran.

–Pero no fue así.

–No –reconoció él tragando saliva.

Ella se acercó un poco más, hasta que las piernas se tocaron.

–Entonces, ya es demasiado tarde y no podemos pasarlo por alto. Además, ninguno de los dos lo ha conseguido y podemos ver qué tal estamos... tú y yo.

Ella levantó un pie y lo puso en el sofá, al lado del muslo de él. Él levantó una mano y la agarró de la muñeca.

–Pase lo que pase, nunca habrá un «tú y yo». No lo digo para hacerte daño. Solo quiero avisarte. No soy un hombre para toda la vida, ni siquiera para un plazo largo, pero lo que hago, lo hago bien.

Le soltó la muñeca y le acarició el brazo hasta el hombro, hasta el cuello, hasta los labios...

–Eso es todo lo que te pido, Ethan. Nada más. No tengo ni idea de lo que haré cuando todo esto haya terminado, pero, en estos momentos, tampoco estoy pensando en eso. Por una vez, solo quiero vivir y disfrutar el instante. Disfrutar de desearte. El resto me da igual.

Noelle apoyó la otra rodilla al lado de su otro muslo. Él la agarró de la cintura con una mano. Sintió su calor a través del vestido de seda y se extendió por todo el cuerpo. La besó con avidez en la boca y sus respiraciones entrecortadas se mezclaron. Introdujo la otra mano por debajo del vestido, se lo levantó acariciándole el muslo y llegó hasta el trasero. Se había puesto un tanga y se alegró de la elección. Se alegró más todavía cuando él dejó escapar un sonido gutural, pero contuvo el aliento cuando introdujo un dedo por debajo de la prenda y lo pasó levemente entre los húmedos pliegues. Apartó la boca y la besó en el cuello.

–¿Qué te parece? –preguntó él–. Quiero que tú marques el *tempo*, que me indiques lo que te gusta, que me muestres cómo crees que acaba la canción.

Ella apoyó las manos en sus hombros, contoneó las caderas y dejó escapar un gemido cuando los dedos de él le acariciaron el sensible abultamiento.

–Perfecto... –susurró él con la voz ronca.

Ella repitió el movimiento sintiendo un placer abrasador. Inclinó la cabeza y la apoyó en su hombro mientras seguía moviéndose. Él introdujo un dedo y toda la tensión que había acumulado estalló. Se sintió dominada por una oleada de satisfacción tan intensa que casi le pareció dolorosa.

Se dejó caer contra él sin fuerzas, con el pelo sudoroso y el vestido pegado a la piel húmeda. A él pareció no importarle porque la sentó sobre su regazo.

–Me preguntaba si serías tan apasionada haciendo el amor como lo eres tocando el piano –le susurró él al oído–. Creo que la pregunta ya está contestada.

–Para mí también. No tenía ni idea...

Él volvió a besarla con voracidad y ella sintió la misma voracidad dentro de ella, un deseo mayor que antes. Sabía lo que podía sentir con él, sabía lo intenso y lo increíble que era, sabía que él podía conseguir que lo sintiera otra vez.

La agarró del trasero y se levantó. Ella le rodeó la cintura con las piernas y notó su erección en el clítoris. Una oleada de placer se adueñaba de ella con cada paso que daba. Ethan abrió la puerta del dormitorio, fue hasta la cama y se tumbó con ella debajo. Ella se arqueó para estrechar sus pechos contra el cuerpo de él, que le bajó la cremallera del vestido y se lo quitó.

–Eres más hermosa incluso de lo que recordaba –comentó él mirándole los pechos–. Creía que era imposible. Creía que tenía que haberme imaginado que fueses tan perfecta.

La emoción le atenazó la garganta. Una emoción que no quería sentir en ese momento, cuando solo quería vivir una experiencia inolvidable.

–Yo también recuerdo que tú eras bastante perfecto. A lo mejor no te importaría refrescarme la memoria.

Él se levantó, se quitó la chaqueta y la corbata, las tiró al suelo y se desabotonó la camisa blanca para mostrar su musculoso pecho y unos abdominales que la dejaron fascinada. Dejó caer la camisa y empezó a soltarse el cinturón. A ella se le secó la boca sin poder apartar la mirada. No quería perderse nada, quería deleitarse con ese momento. Ethan se desabrochó los pantalones y se los quitó con los calzoncillos. Ella se puso de rodillas para que el vestido cayera alrededor de su cuerpo. Había creído que estaría nerviosa y que no sabría qué hacer, pero supo muy bien lo que quería. Le agarró la erección. Era suave y cálida, distinta a lo que se había imaginado. La tomó con más fuerza y él dejó caer la cabeza hacia atrás con un gruñido de satisfacción. Se inclinó hacia delante y le pasó la lengua por toda su extensión. Una punzada de deseo y poder le atenazó las entrañas cuando él se apoyó en sus hombros como si tuviera que sujetarse, como había hecho ella antes.

–Me deseas –susurró ella.

No la deseaba de una forma sexual y vaga, la deseaba como ella lo deseaba a él, hasta estremecerse y que le flaquearan las rodillas.

–Te deseo... más que respirar –jadeó él.

Ethan volvió a tumbarse y también la tumbó a ella. Le tomó un pecho con una mano y le acarició el pezón con el pulgar. Bajó la cabeza y le pasó la lengua por la endurecida prominencia. Ella se arqueó, levantó las caderas, y él aprovechó la ocasión para bajarle el tanga. Ella terminó de quitárselo con una patada sin sentir el más mínimo bochorno por estar desnuda con él. Solo podía sentir la imperiosa necesidad de llegar a más, de sentir la explosión del orgasmo con sus cuerpos unidos, de darle el placer que él ya le había dado a ella.

Él extendió una mano hasta la mesilla y palpó dentro del cajón hasta que sacó un preservativo.

–No me dirás que ya sabías que iba a pasar esto –comentó ella.

–No, pero mis suites siempre tienen que estar bien surtidas para cualquier... eventualidad. ¿Estás preparada?

Él rasgó el envoltorio y se puso el preservativo antes de volver con ella.

–Llevo mucho tiempo preparada –contestó Noelle.

Lo agarró de los hombros mientras entraba en ella. No le dolió de esa forma tan intensa que daban a entender algunos de los libros que había leído, pero agradeció que entrase lentamente, que le diese la oportunidad de adaptarse a él, de gozar con los primeros momentos de intimidad plena con él. Él movió las caderas para entrar hasta el fondo con la respiración entrecortada.

–¿Estás bien...?

–Muy bien –contestó ella–. Maravillosamente.

La miró y, por un instante, ella captó una tristeza en sus ojos que la dejó sin respiración. Le acarició la mejilla y lo besó en los labios.

–Ethan, por favor...

Él replicó con una ligera embestida de las caderas, se movió dentro de ella y sintió un placer más intenso y profundo que la primera vez, un placer que no había podido imaginarse que fuese posible. Notó que se dejaba arrastrar a medida que los movimientos eran menos controlados. Pareció como si él se olvidara de todo el dominio de sí mismo y solo quedara el hombre en estado puro, sin los lastres del mundo civilizado. En ese momento, él era un hombre y ella una mujer, su mujer, y siguió su ritmo para apurar cada instante. Sintió como si se diluyera, no solo por el placer y los sentimientos, sino por la unión, como si él fuese una parte integral de ella. Se sintió plena y haciéndose añicos a la vez por un orgasmo deslumbrante y demoledor.

Ethan se quedó rígido, susurró su nombre y también se liberó. Cayó sobre ella con la cabeza en su pecho y el aliento acariciándole la piel sudorosa. Se hizo el silencio, pero no fue un silencio incómodo, fue como si los aislara de la realidad... al menos, por el momento.

Introdujo los dedos entre su pelo, nunca se cansaría de tenerlo entre los brazos y de estar entre los suyos.

Ella no supo cuánto tiempo había pasado, pero Ethan se sentó.

–Tengo que hacer algunas cosas.

Se levantó de la cama y fue al cuarto de baño. Cuando volvió, se tumbó a su lado y la abrazó.

–No sé si hay alguna música que pueda expresar esto –comentó ella pasándole los dedos por el pecho.

–Si hay alguien que puede componerla, eres tú. Me dijiste que no era asunto mío con quién te habías acostado y si sigues pensando lo mismo, me parece bien, pero voy a preguntártelo.

–Te ahorraré el mal trago. No he tenido amantes aparte de la música. ¿Es una forma muy dramática de decirlo?

–No quiero hacerte daño, Noelle.

–Entonces, no lo hagas.

–No es tan sencillo.

–Puede serlo si nos atenemos a lo pactado. Podemos disfrutar con eso, sea lo que sea, y luego, cada uno seguiremos por nuestro lado con lo que queramos. Eso es sencillo, ¿no?

Supo que no era verdad a medida que iba diciéndolo.

–Suena bien...

Ella también supo, por su respuesta, que él también lo sabía.

Ethan abrazó a Noelle sin ganas de volver a su piso. Algo extraño porque, normalmente, solía largarse al llegar ese momento. Sin embargo, Noelle era distinta y no lo era como los hombres solían decir que una mujer era distinta para acostarse con ellas. Era distinta de una forma profunda... y no solo porque hubiese sido virgen. Era su primer amante y eso... significaba algo. Tenía treinta años y hacía mucho tiempo que no esperaba encontrarse con una virgen. Incluso, las evitó en el instituto y se acostó con mujeres mayores. Nunca le había gustado la idea de arrebatarle la inocencia a nadie. Él nunca había tenido inocencia. Era imposible cuando en los armarios de su cocina había más píldoras que comida, cuando había oído peleas y relaciones sexuales entre sus padres un día sí y otro también, cuando se había sentido invisible en su propia casa. Fue un privilegiado en el sentido económico y un marginado en todos los demás.

Sin embargo, no le parecía que le hubiera arrebatado nada a Noelle. Había sido la mejor relación sexual de su vida y eso significaba algo, había alterado algo dentro de él. No sabía si eso le gustaba, pero era verdad. Nunca había sido capaz de hacer feliz a nadie y no había motivos para pensar que Noelle fuese a ser un caso distinto. Nunca la haría feliz a largo plazo, la destrozaría.

No, no le haría eso. Tendrían una aventura y los dos seguirían adelante... aunque había algo en él que deseaba que las cosas fuesen distintas. Aun así, no podía ser y tendría que aceptarlo.

Capítulo 10

NOELLE se estiró y sonrió cuando sintió un leve dolor en algunas zonas muy íntimas. Ethan había estado increíble una y otra vez. Había conocido el sexo bien y a conciencia. Dejó de sonreír cuando notó otro dolor alrededor del corazón. También había conocido algo más, algo grande y nuevo. Unos sentimientos y una unión que nunca había sentido con nadie. No sabía cómo llamarlo o, quizá, le asustaba llamarlo de alguna manera. Ethan la vio, mejor dicho, quiso verla, quiso ver quién era de verdad, no su superficie. Nadie, ni su madre ni el profesor de piano ni los conocidos que se llamaron sus amigos se molestaron jamás en hacer algo así.

–Buenos días.

Ethan entró en el dormitorio llevando una bandeja con café y bollos. Sonreía y solo se había puesto unos calzoncillos muy pequeños, ella habría preferido que no se los hubiese puesto.

–Eres la fantasía de cualquier mujer –comentó ella con una sonrisa sentándose.

–En mi tiempo libre.

Él se sentó en la cama, al lado de ella, y se llevó la taza de café a los labios sin dejar de mirarla.

–Tú, desde luego, eres mi fantasía –añadió él.

–Seguramente tenga el maquillaje corrido por toda la cara.

–Tiene un encanto desaliñado.

–Estoy segura...

–Has recibido una llamada.

–¿Yo...?

–Sí. Jacques D'ambois te ha dejado un mensaje en mi teléfono.

–¿Ese hombre que estaba con Sylvie anoche?

–El mismo.

Ella frunció el ceño y mordió un bollo.

–¿Qué querrá?

–Si quiere seducirte, dile que ha llegado unas doce horas tarde.

Ethan lo dijo en broma, pero sus palabras reflejaron cierta seriedad.

–No te preocupes por eso, Ethan. Lo llamaré después de desayunar y le comunicaré que ya no necesito que nadie me seduzca.

–Ya que ha pasado la fiesta de compromiso, tenemos que empezar a planear la boda.

–Ah...

En ese momento, todo el asunto de la boda le parecía... le parecía mucho más complicado.

–No te pongas así, Noelle. Esto –él señaló la cama– tiene que permanecer al margen del acuerdo que tenemos. La boda sigue siendo un acuerdo... comercial.

–¡Lo sé! Es que... Bueno, la verdad es que ahora me parece algo más personal. Pero lo entiendo, Ethan. Además, no quiero un matrimonio de verdad.

El matrimonio era... bueno, su madre nunca se había casado con su padre y para el padre de Ethan el matrimonio nunca había sido un obstáculo para sus aventuras.

–¿No lo quieres?

–No, por el momento. Quizá algún día...

–El matrimonio es una farsa.

–¿Eso crees?

–¿Qué es en realidad, Noelle? Nosotros vamos a casarnos y ¿qué tenemos que hacer? ¿Amarnos? ¿Hacer unas promesas que cumpliremos? No. Solo tenemos que firmar un impreso. El matrimonio no hizo felices a mis padres. Les dio una categoría distinta y eso era lo que querían. Mi madre podía gastarse el dinero de mi padre y mi padre tenía una esposa muy guapa que iba por alfombras rojas y cuyo nombre salía en los periódicos. Hasta que dejó de salir, claro. Entonces, ella le importó mucho menos y por eso empezó a buscar otras mujeres.

–Eso... está mal –Noelle miró su café–. Sin embargo, el amor existe, ¿no?

Ella quería creer que quizá algún día... Intentó no hacer caso de la punzada de angustia que sintió al pensar en un porvenir sin Ethan.

–Eso creo –Ethan miró al infinito–. Aunque, para ser sincero, también creo que es sádico. Creo que mi madre todavía ama a mi padre a pesar de todo lo que le ha hecho. Creo que mi padre amaba a tu madre aunque estaba casado con la mía. Cuando dejaron de invitar a mi madre a actos en Hollywood, él dejó de ir con ella en público. Entonces fue cuando empezó a salir con Celine Birch, cuando comunicó al mundo que mi madre le importaba tan poco que ni siquiera intentaba disimular su aventura. Recuerdo que hubo un gran estreno al que mi madre quería ir con todas sus ganas, pero invitaron a tu madre. Al día siguiente, toda la prensa sensacionalista se hizo eco de que Celine y mi padre estuvieron juntos.

–Eso es espantoso.

–Todavía hay más. Tengo un motivo para hacer todo esto, Noelle –él siguió sin mirarla con el rostro inexpresivo–. Ese día volví a casa del colegio y todos los chicos habían visto la noticia, claro. Se habían burlado de mí y la casa estaba en silencio. La televisión estaba apagada y ella siempre la tenía encendida. Fui a buscarla. Estaba en el suelo del cuarto de baño, boca abajo. Yo tenía quince años, pero había aprendido algunos primeros auxilios en el colegio. Afortunadamente, la ambulancia llegó enseguida. Los paramédicos encontraron las pastillas y adivinaron lo que había hecho.

–Ethan...

–Eso es amor, Noelle. Eso es lo que consigue. Es una persona que lo intenta y lo intenta, pero nunca consigue ser suficiente. No quiero formar parte de eso y no pienso dejar que mi padre quede impune.

Noelle sintió náuseas.

–No puedo creerme que fuesen tan egoístas... No puedo creerlo...

–Fue hace mucho tiempo y no quiero compasión, pero ahora entenderás por qué siento lo que siento. No solo en cuanto al amor, sino en cuanto a que mi padre se quede con Grey's.

–Lo entiendo.

Él se quedó en silencio y ella supo que no iba a hablar más de su madre.

–Entonces, ¿cuándo será la boda? –preguntó ella.

–He pensado algo muy discreto. En secreto, incluso. A estas alturas, da igual cómo sea la boda, solo importa que nos casemos.

–Muy... muy bien.

Ella sintió una oleada de alivio. No quería ir a la catedral vestida de blanco y todo eso. Así sería mucho más sencillo y no tendría la tentación de creer que era lo que no era.

–Perfecto. Me ocuparé de los trámites.

–Vaya... –ella resopló– y dicen que el romanticismo ha muerto...

Ethan la miró con un resplandor en los ojos oscuros.

–Yo te daré romanticismo, Noelle, pero será al margen de eso.

Él se dio la vuelta para salir de la habitación y ella no pudo evitar mirarle el trasero. Era impresionante y lo que tenían quizá no fuese el colmo del amor, pero hacía que se sintiera más viva que nunca. Eso tenía que compensar, fuera lo que fuese. Ya se angustiaría por Ethan más tarde. Por el momento, se vestiría y llamaría a Jacques.

Una audición... Iban a hacerle una audición. Su madre se habría indignado, era Noelle Birch. Esa actitud, que se debía a que no quería que el público descubriera que era una estrella en declive, no en alza, era lo que la había mantenido sin trabajo durante un año. Ya lo había superado, no iba a quedarse de brazos cruzados.

Ethan entró en la zona de estar. Llevaba unos pantalones negros y una camisa blanca con dos botones desabrochados. Tenía el pelo mojado por la ducha y ella deseó quitarle la ropa hecha a medida para poder paladear su piel recién lavada.

–¿Estás ocupada este fin de semana?

–¿Este fin de semana...? No.

Ella se llevó la taza de café a los labios e intentó parecer despreocupada. No quiso comentarle nada sobre la audición. Era demasiado precipitado. Quizá lo hiciera mal y Jacques tampoco quisiera que tocara.

–Perfecto. Vamos a casarnos.

Ella se atragantó con el café y lo derramó.

–Podías avisar...

–Te dije que iba a organizarlo. Creo que después de la fiesta de compromiso sería muy romántico que nos fugáramos, ¿no?

–Menos lío, ¿no?

–Sí. Eso es exactamente lo que quiero decir, pero estoy dando un titular.

–Efectivamente.

–Solo tenemos que pasar por esto, Noelle. Unas semanas de matrimonio, unos papeles firmados y luego, tú serás libre, yo seré libre y los dos tendremos lo que queremos.

Dinero, la audición, la ocasión de empezar otra vez para alcanzar la fama que tenía. El lujo... Había creído que lo encontraría con Ethan, y lo había encontrado. Sin embargo, no le había hecho feliz y no sabía por qué. No quería pensar en el motivo.

–Perfecto. Bravo por alcanzar las metas y todo eso.

–Cuando decido hacer algo, lo hago.

–Ya... Me acuerdo de eso, de anoche...

Notó que se sonrojaba y maldijo que su piel fuese tan blanca. Ethan sintió una oleada de deseo. Se había sonrojado y estaba perfecta... para llevarla a la cama y pasarse horas besándola, acariciándola y haciendo el amor con ella. Sin embargo, no podía tener ese apego por ella. Lo había decidido mientras se duchaba para intentar sofocar la erección que se negaba a remitir. Era sexy, atractiva y maravillosa en la cama, pero no tenía tiempo para tener una amante y menos una amante que tenía ese efecto en él. Sobre todo, cuando iba a quedarse con Grey's.

Esa relación tenía los días contados, terminaría en cuanto firmaran el divorcio. Entonces, otro contrato entraría en vigor y él se ocuparía de que estuviera atendida. Tomó aliento para intentar aliviar el desasosiego. Era como si algo le atenazara con fuerza las entrañas.

–Me encantaría algo rápido y apasionado contra la pared –reconoció él con la voz ronca por la excitación–, pero creo que tienes que recuperarte un poco y tenemos que tomar un avión.

Noelle pareció incómoda por lo que había dicho y no pudo reprochárselo. Estaba siendo un necio porque la deseaba ardientemente y era posible que no volviera a estar con ella.

–¿Un avión? –preguntó ella con las cejas arqueadas.

–Claro, vamos a casarnos en Las Vegas.

–¿De verdad?

–Sí. ¿Cómo de hortera te apetece que sea?

Ella sonrió. Quizá, solo quizá, las cosas pudieran volver por el buen camino. Quizá pudieran pasar el mes siguiente juntos, saciar el deseo y hacerse compañía. Estuvieran en la cama o no, a él le gustaba estar con ella. Era muy complicado...

–Quizá no tan hortera como para una boda estilo Elvis, pero un vestido de novia con estampado de leopardo sería bastante impresionante.

–¿Lo dices en serio?

–Ethan, no puedo ir de blanco y no finjas que no sabes el motivo. Anoche te ocupaste de ello...

–No lo olvidaré jamás.

En eso era completamente sincero porque sabía con certeza que nunca olvidaría a Noelle. El recuerdo de su piel sedosa le duraría para siempre y lo excitaría siempre independientemente de las mujeres que conociera después y del tiempo que pasase. Se preguntó si ella lo recordaría también o acabaría olvidándose de él, como casi todo el mundo. Dejó de pensar en eso.

–Bueno, creo que los dos tenemos que hacer el equipaje.

Su escapada a Las Vegas ya había aparecido en algunas páginas web cuando el avión privado de Ethan aterrizó. Las conjeturas sobre una boda echaban humo porque en Las Vegas lo normal era jugar o casarse en un abrir y cerrar de ojos. Las dos cosas eran noticia.

Noelle parecía pálida mientras él abría la puerta de la suite. Estaban alojados en uno de los hoteles más famosos de Grey's. Era famoso, hasta en Las Vegas, por ser un antro de pecado y sexo, lo cual era una paradoja más al empeño de su abuelo para que se casase, para que tuviera una familia antes de hacerse con la empresa.

–¿Te pasa algo? –le preguntó Ethan.

Noelle levantó la mirada del móvil.

–Bueno... Hay muchas conjeturas y aterradoramente acertadas.

–¿En qué sentido? –preguntó él quitándole el móvil.

–Que hemos venido a casarnos.

–¿No dicen nada de un vestido de novia con estampado de leopardo?

Ella se rio, pero fue un sonido poco natural.

–No...

Él le tomó una mano y la suavidad de su piel le pareció muy tentadora.

–¿Estás bien?

–¿Tan mal parece que estoy?

–Pareces nerviosa.

–Mañana vamos a casarnos. Ya sé que no vamos a casarnos de verdad y que no debería preocuparme, pero es un poco abrumador.

Quiso besarla, pero también le pareció importante contener el impulso. Tenía que tener las riendas de eso que había entre ellos. Pensaba acostarse con ella otra vez, pero tenía que tener dominio de sí mismo, no dejarse llevar por esa sensación que se adueñaba de él en cuanto sus lenguas se tocaban. La sensación de que era un adolescente virgen. Abrió la puerta de la suite.

Noelle entró con la mirada clavada en la inmensa lámpara de cristal que colgaba en la entrada.

–Esto es...

–Dijiste que lo querías hortera...

–Y tanto...

Ella se dirigió hacia una barra de bar de plexiglás que imitaba el estilo *art-decó* y de un gusto indescriptible. Las paredes parecían hechas de un cristal oscuro, traslúcido y brillante. Todo parecía muy caro, desde la moqueta hasta las cortinas, como si no se hubiera reparado en gastos.

–Para que lo sepas, este sitio tiene mucho éxito.

–Es divertido y, además, muy adecuado para una boda falsa.

–Podemos celebrar aquí el banquete... –propuso él con ironía.

–Por favor, dime que no va a haber un banquete.

–No, para eso nos hemos fugado...

–Claro. Hagámoslo ahora.

–¿Ahora?

–Sí –contestó ella con un brillo en los ojos azules–. Cásate conmigo ahora. ¿Para qué vamos a esperar hasta mañana? Hay capillas abiertas las veinticuatro horas del día y las leyes para darte un certificado de matrimonio son muy laxas aquí.

–Estás muy enterada... ¿Me ocultas algo?

–No me he casado nunca, pero sí he jugado alguna vez. Actué aquí durante un año cuando tenía nueve años.

–Eres asombrosa, ¿lo sabías?

–Nunca lo había pensado –contestó ella ruborizándose–, pero gracias.

–Vamos a buscar una capilla.

Cuanto antes se casaran, antes podrían acabar con todo eso. Una vez atados todos los cabos y firmados los documentos, los hoteles Grey's pasarían a su nombre y tendría el placer de ver la cara de su padre al quedarse sin nada. Entonces, ¿por qué pensaba solo en la noche de bodas?

Capítulo 11

ETHAN llevaba vaqueros y una camiseta negra bastante ceñida. Noelle había encontrado una falda con estampado de leopardo y una camiseta negra sin mangas en una tienda de regalos de camino a la capilla más cercana. El recorrido en coche lo hicieron en silencio hasta que llegaron a una capilla con luces de neón y carteles que decían que tenían buenos precios y que había que esperar poco. Noelle se rio disimuladamente. Todo era tan disparatado que resultaba divertido.

–¿Qué pasa? –le preguntó Ethan.

–Es lo más disparatado y divertido que he hecho en mi vida.

–Lo mismo digo.

Él se bajó de la limusina y la rodeó para abrirle la puerta a ella.

–Eres todo un caballero. No me extraña que haya aceptado...

–Además, voy a pagarte mucho dinero.

–Sí, es verdad.

Ella sintió una opresión en el pecho porque no quería que le recordara eso en ese momento. Lo siguió adentro del pequeño edificio, que era mucho más relajante de lo que parecía por fuera.

–¡Es Noelle Birch!

La chica que estaba detrás del mostrador, con el pelo

muy corto y teñido de azul y con los brazos llenos de tatuajes, miró a Noelle con los ojos como platos.

–Sí...

–Tengo todos sus CDs y le supliqué a mi madre que me dejara dar clases de piano por usted.

–Vaya... Es... es un halago enorme. Gracias.

–Bueno, toco aquí para las bodas, así que no lo hago muy bien....

Noelle miró a Ethan y volvió a mirar a su admiradora.

–Yo ya no toco en ningún sitio...

–Pero va a casarse, ¿no?

–Sí, efectivamente.

–Haremos el papeleo –intervino Ethan.

–Muy bien –la chica desapareció detrás del mostrador y volvió a aparecer con unos papeles–. Solo hay que firmar y poner la fecha. ¿La quiere estilo Elvis? Es un extra...

–No –contestaron Ethan y ella al unísono.

–No sé por qué, pero me lo imaginaba. Por cierto, me llamo Tara.

–Hola, Tara. Encantada de conocerte –la saludó Noelle.

–Gracias.

Noelle y Tara se intercambiaron una sonrisa un poco tensa mientras Ethan rellenaba el impreso antes de pasárselo a ella. Lo firmó con los dedos temblorosos y Ethan añadió un cheque antes de devolver el documento.

–Vaya, es una forma de tener un autógrafo suyo –comentó Tara.

–Podría... firmarte... otra cosa.

Tara sacó una hoja de papel y Noelle la firmó mientras Ethan no podía disimular la impaciencia.

–Aceptaremos el primer oficiante que esté libre –dijo Ethan–. Si es Elvis, no me importa.

–No, creo que Janine está libre. Iré a comprobarlo.

Tara desapareció detrás de una cortina morada y Noelle miró a Ethan.

–Tú fuiste quien quiso casarse en Las Vegas.

–Sí, pero no quería jaleo.

–Esto no es un jaleo. No hay quinientas personas, ¿no?

–No.

–¿Se molestarán tus abuelos por no haberlos invitado?

–Mejor que no estén aquí –contestó él con el ceño fruncido–. No quiero que se encariñen demasiado con nosotros.

Ella intentó no hacer caso del daño que le había hecho el comentario. Él había dicho que la boda estaba al margen de su historia personal y no podía sentirse dolida en ese momento.

–No, claro –dijo ella precipitadamente.

Tara volvió a aparecer con una sonrisa de oreja a oreja.

–Por aquí –les señaló un pasillo y entró por la segunda puerta–. Debería preguntarles si quieren pagar un pianista, pero... estoy segura de que no quieren oírme tocar. En cambio, tenemos uno de sus CDs. Lo pondré... ¡y enhorabuena!

Ethan miró el techo abovedado y Noelle hizo lo mismo. Tenía una reproducción espantosa de la Capilla Sixtina.

–Es deprimente –comentó él.

Se oyó una música muy conocida para ella.

–No tan deprimente como eso –replicó ella.

–Es muy bonita.

–Gracias, Ethan –ella sonrió–. Es curioso porque repaso piezas en mi cabeza cuando estoy nerviosa. Me imagino cómo las toco y me ayuda a concentrarme. Ahora, la música toca sola.

–¿Lo has hecho alguna vez desde que te conozco?

–Muchas.

–¿Te pongo nerviosa?

–Algunas veces. En general, me excitas –reconoció ella.

Él la miró con los ojos oscuros rebosantes de intensidad.

Entró una mujer muy parecida a Tara seguida por la propia Tara, que actuaría de testigo.

–Hola, sois Noelle y Ethan, ¿no? ¿Estáis preparados?

Noelle miró a Ethan y se le disparó el corazón. Estaba preparada y asustada porque estaban en el sitio más hortera del mundo para casarse. Ethan parecía como si estuviese yendo al patíbulo y la oficiante tenía un anillo en la nariz. Aun así, todo le parecía bien. Si hubiese sido una boda por todo lo alto y vestida de blanco, quizá se hubiese dejado llevar por la fantasía, pero allí no cabía la fantasía, solo había una moqueta verde sucia y flores de plástico. Sin embargo, parecía trascendente y asombroso, aunque no debería.

Janine se limitó a decir la fórmula legal sin florituras.

–¿Tienen los anillos? –preguntó Janine.

–Ah...

Noelle se sintió ridícula por desear tener un anillo para Ethan. La boda no significaba nada y un anillo, menos, pero, no sabía por qué, le habría gustado ver un anillo de oro en el dedo de Ethan.

–Yo, sí.

Ethan se sacó un pequeño estuche del bolsillo y lo abrió lentamente. La piedra resplandeció.

–Ethan...

Él le tomó la mano y le puso el anillo en el dedo.

–Una mujer tan única y especial como tú se merece algo igual de especial.

–No sé...

Nunca había esperado o se había imaginado un anillo como ese. Encajaba perfectamente con el anillo de compromiso y formaba un conjunto perfecto, una pareja perfecta, al revés que ellos.

–Yo, por la facultad que me concede el Estado de Nevada, os declaro marido y mujer. Puede besarla –dijo Janine.

Ethan no lo dudó y ella lo agradeció. La tomó entre sus brazos y la besó con voracidad. A ella le gustó. Estaba mareada por el deseo que sentía de hacer algo más que besarlo. Él suavizó el beso, se apartó un poco y la besó en las mejillas. Ella se derritió y no se cayó al suelo porque él estaba abrazándola.

–Caray...

–Me alegro de que te parezca eso –comentó Ethan entre risas.

–Yo estoy de acuerdo con ella. Caray... –intervino Janine abanicándose con sus papeles.

–¿Ya está? –preguntó él.

–Sí. Están casados, señor y señora... Grey.

–Muy bien –Ethan tomó a Noelle de la mano–. Gracias.

–No se olviden del certificado de matrimonio –Janine le dio los documentos firmados por todos–. Ya es legal.

Ethan tomó el certificado y lo dobló cuidadosamente. Era el último trámite que necesitaba para que su abuelo le diera los hoteles, pero no se sentía especialmente satisfecho. Esa meta ansiada durante tanto tiempo le parecía difusa en comparación con el deseo que palpitaba en él. Había esperado sofocar ese deseo durante las horas transcurridas, pero no había dado resultado. El deseo era ardiente y deslumbrante al principio, pero se apagaba enseguida porque no había un combustible que lo mantuviera vivo. Ese, sin embargo, estaba durando un poco más. Quizá porque Noelle había sido virgen y porque había pasado mucho tiempo con ella. Sentía una conexión con ella, pero le parecía natural, normal. Aunque el deseo que le corría por las venas no tenía nada de natural o normal.

Al día siguiente, después de haber hecho el amor con Noelle, llamaría a su abuelo para seguir con el proceso para quedarse con Grey's. Hasta entonces, tenía que aclararse las ideas y no creía que pudiera ver con claridad si no se acostaba con Noelle lo antes posible.

–Tenemos que pasar a la noche de bodas lo antes posible –susurró él con la voz ronca.

Ella se puso colorada y él sintió un anhelo que le atenazó las entrañas. La deseaba tanto que no podía entenderlo. Hacía que él se sintiera como el virgen. No entendía cómo lo conseguía.

–Encantada...

–No estás tocando a Mozart en la cabeza, ¿verdad?

–No. Cuando estoy contigo... brota. Oigo música todo el tiempo.

Él no hizo caso de la opresión que sintió en el pecho y se centró en la que sintió en los pantalones. Le resultaba más conocida.

–Vamos.

Salieron de la capilla. La limusina seguía allí. Él le abrió la puerta y la siguió dentro del coche. La abrazó en cuanto cerró la puerta y la besó con avidez para intentar saciar ese apetito profundo y omnipresente. No creía que pudiera saciarlo, pero tampoco le importaba intentarlo el tiempo que fuese necesario. No podía recordar cuándo fue la última vez que un beso había sido lo más importante. Quizá, la última vez que besó a Noelle. Normalmente, a esas alturas, ya estaría desvistiéndose o desvistiéndola, pero en ese momento solo quería paladearla, acariciarla, deleitarse porque sabía que lo que se avecinaba era apasionante. Demorarlo le producía un placer que nunca había podido imaginarse. Estaba tan absorto en el beso, que no se dio cuenta de que la limusina había parado delante del hotel hasta que ella se apartó.

–Ya hemos llegado...

–Sí. No sé si pedirle al conductor que dé más vueltas a la manzana.

–La cama sería una buena idea... –replicó ella en voz baja.

–Sin embargo, algún día tenemos que intentarlo en la limusina.

–Prometido.

Él abrió la puerta y le tendió la mano para bajarse con ella. La entrada del hotel estaba alumbrada con neones que la iluminaban con distintos colores.

–Realmente, te favorecen los focos –comentó él tragando saliva.

–No me interesan los focos en este momento.

–A mí tampoco.

Cruzaron el vestíbulo apresuradamente. No le importaba que la gente los mirara o supiera adónde iban y qué iban a hacer. Solo le importaba Noelle, estar con ella, estar en ella...

Una vez en el ascensor, estuvo tentado de detenerlo para terminar allí, pero quería algo más, algo más duradero. Quería estar con ella en la cama durante doce horas, como mínimo.

Se abrieron las puertas del ascensor y recorrieron el pasillo hasta la puerta de la suite. Le tembló la mano mientras introducía la tarjeta para abrirla. Entraron, cerró la puerta y Noelle se apoyó de espaldas en ella con una leve sonrisa.

–Noelle...

No se le ocurrió nada más que decir, no podía pensar en otra cosa. Ella lo miró a los ojos con sinceridad y se quitó la camiseta sin mangas. Llevaba un sujetador negro que le pareció lo más sexy que había visto en su vida.

–Nunca había visto a una mujer tan hermosa y lo digo de verdad.

–Ni yo había visto a un hombre tan hermoso como tú. Corresponde...

Él también se quitó la camiseta y se alegró de que a ella le gustara ver su cuerpo.

–Te toca.

Ella sonrió y se bajó la ridícula falda con estampado de leopardo. Llevaba un tanga negro.

–Te toca –repitió ella.

Él se bajó la cremallera de los vaqueros mirándola a los ojos, que los tenía muy abiertos y clavados en su cuerpo. No quería disimular su interés, su deseo por él era evidente y eso lo excitaba más todavía. Se bajó los pantalones con los calzoncillos y los alejó de una patada. Ella lo miró... fascinada y anhelante a la vez. Él la agarró de las muñecas, le levantó las manos y la besó. Ella se arqueó para sentir su erección.

–Suéltame –le pidió ella.

–¿Por qué?

–Para que pueda quitarme el sujetador.

Él le pasó la punta de la lengua por el cuello y ella se estremeció.

–Puedo hacerlo yo.

Le soltó el cierre con una mano y, mientras, le sujetaba las manos con la otra.

–No caerá si me mantienes prisionera.

–Puedo ocuparme... –él le quitó la prenda de seda y le pasó un pulgar por un pezón–. Puedo ocuparme...

–Ethan... –susurró ella arqueándose.

–¿Qué?

–No puedo esperar.

–La paciencia es una virtud.

–No quiero ser paciente.

–Yo he sido paciente –él bajó la cabeza y le lamió suavemente el pezón–. He sido paciente durante todo el día. No te pasará nada por esperar.

–Creo que sí...

–Te prometo que no te haré daño.

Se refería al daño físico, aunque le habría gustado poder prometerlo en un sentido más profundo, haber podido jurarle que mataría todos sus dragones, pero no era un caballero andante ni ella era una princesa encerrada en una torre. Era una mujer que podía cuidar de sí misma y eso lo tranquilizaba porque él no estaba dispuesto a hacerlo. Pasó por alto la sensación de desgarro que sintió en el pecho y se concentró en el cuerpo de ella, en acariciarla, en amarla como él sabía hacerlo. Eso era lo mejor que podía ofrecerle y se lo ofrecería.

Le bajó el tanga, le acarició los rizos y le humedeció el clítoris con la yema de un dedo.

–Ethan...

Tenía todo el cuerpo en tensión, pero antes tenía que darle a ella todo el placer que pudiera. Ella separó los labios y movió la cabeza hacia delante y detrás mientras él la acariciaba. Volvió a arquear el cuerpo para sentir más la presión de la mano. Introdujo lentamente un dedo y ella dejó escapar un gemido de placer. Le soltó las muñecas y ella se cimbreó entre jadeos, se apartó para que cayera el sujetador y alejó el tanga con un pie. Estaba desnuda, era perfecta, era su esposa. Le costó respirar. Noelle era su esposa. Debería darle igual porque no lo era de verdad, pero no le daba igual, le pareció algo importante.

Volvió a besarla y cuando la tumbó en la cama, intentó no mirarla a los ojos, intentó no dejarse llevar por la sensación que le oprimía el pecho. Sin embargo, no consiguió ninguna de las dos cosas. La miró y se sintió completamente absorto por Noelle.

Sacó un preservativo del cajón de la mesilla, también los había siempre en ese hotel, y se lo colocó inmediatamente. La sujetó un poco y entró lentamente. Tuvo que apretar los dientes para no llegar al clímax y ella lo recibió con el cuerpo y el alma. Se movió con él, con un ritmo que él no podía dominar. Solo podía dejarse arrastrar, no tenía fuerzas para resistirse ni quería hacerlo. Quería a Noelle, solo a Noelle, para siempre.

El orgasmo lo dominó completamente antes de estallar. Fue un placer como no había conocido otro, lo vació, ella lo vació. Se quedaron tumbados, con la cabeza de ella en su pecho mientras lo acariciaba.

–Lo... siento. Sé que tuviste un orgasmo contra la puerta, pero...

–Dos veces.

–Suelo ser un poco más considerado, pero esta vez... no he podido pensar.

–No importa.

Sí importaba. Tenía que mantener la cabeza fría. Tenía que tenerlo todo organizado para quedarse con Grey's. No podía obsesionarse con una mujer. Grey's tenía que ser lo importante. Por fin, podría ver la cara de su padre cuando lo dejara sin nada. Llevaba años detrás de eso. Sin embargo, en ese momento, no le importaba nada.

Noelle se dio la vuelta y parpadeó. Era temprano y Ethan no estaba en la cama, pero tampoco le extrañó.

La noche anterior había pasado algo y no sabía si era bueno o malo. Ethan, por un instante, pareció... aterrado. Sin embargo, era lo mismo que había sentido ella. Estaba aterrada porque Ethan se había apoderado de una parte de ella y no sabía si la recuperaría. Aunque, también, él la había ayudado a descubrir partes de sí misma que no sabía que existían. La había cambiado o, al menos, la había ayudado a encontrar alguna manera de cambiar. Le asustaba desear tanto a alguien. Le asustaba y le asombraba. Además, hacía que no se sintiera sola.

Se levantó y encendió la luz, que iluminó el cristal traslúcido que había enfrente de la cama y pudo entrever la silueta de Ethan desnudo en la ducha. Vio como se enjabonaba y se le desbocó el corazón. Verlo así tenía algo de ilícito que era muy excitante. ¿Fue lo mismo que sintió él cuando la vio la primera vez y ella no lo sabía? No estaba desvestida, pero sí desnuda en cierto sentido. Le hubiera gustado sentir algo más que excitación sexual al mirarlo. Le hubiera gustado saber qué estaba pensando. Notó que se le endurecían los pezones y que su cuerpo anhelaba que la acariciara. Tragó saliva y cruzó la habitación. Estaba desnuda, pero no tenía vergüenza, no podía tener vergüenza con él. Con él, era más ella misma de lo que lo había sido en toda su vida.

Entró en el cuarto de baño y se quedó delante de la puerta de cristal de la ducha. Ethan la miró. El agua le caía por la cara y su cuerpo perfecto.

–Hola, ¿puedo acompañarte?

Él sonrió insinuantemente.

–Siempre que quieras.

La besó más contenidamente que la noche anterior. Intentó mirarlo a los ojos, pero no pudo.

–Ethan...

Él la miró un instante y lo que captó en sus ojos la desasosegó. Vio un alejamiento que no le gustó. Sin embargo, volvió a besarla, el agua estaba caliente, él era irresistible. Intentó concentrarse en eso y olvidarse de lo que había visto en sus ojos.

Capítulo 12

ESTA noche vamos a ir a una reunión muy exclusiva en una de las salas de juego más selectas de la ciudad.

Ethan se levantó de la cama y Noelle observó el movimiento de su cuerpo, su musculatura, su piel bronceada... Era completamente distinto a ella, muy sexy. Una de esas personas de las que se escribían canciones. Se había pasado casi todo el día descubriéndolo y no se había cansado ni mucho menos. Lo más aterrador era que resultaba más fascinante cuando lo conocía, cuando sabía todo lo maravilloso que había entre ellos, cuando, al mirarlo, se estremecía por el placer que se avecinaba. Era un caso perdido.

–¿Vamos...?

–Sí. Será nuestro debut como pareja casada.

Ella no supo bien qué sintió. No se sentía preparada para encontrarse con gente cuando sabía que lo amaba, cuando le había entregado tanto. Era algo muy íntimo, pero tenía la sensación de que lo llevaba escrito en la frente con letras de neón.

–De acuerdo, pero no tengo nada que ponerme...

–Ayer vi algo que me gustó en una de las tiendas del hotel y van a traerlo.

Ella lo miró mientras se vestía. También le gustaba vestido, pero lo prefería desnudo.

–Puedo elegir mi ropa...

–¿Y pagarla?

La pregunta le hizo más daño del que debería haberle hecho.

–Sabes que no.

–Entonces, te pondrás lo que yo elija.

–¿Por qué te comportas así?

–¿Cómo?

–Como un majadero.

–Es que... esta noche es importante.

–Nunca te sientes presionado, Ethan.

–Entonces, puedo sentírmelo un día, ¿no?

–Claro –ella intentó sonreír–. ¿Cuánto falta para... eso?

–Siento no habértelo dicho antes. Me llamaron hace un rato, cuando fui a pedir el almuerzo, pero empieza dentro de un par de horas.

–Muy bien. No necesito mucho tiempo para arreglarme.

–Lo sé.

Sus ojos seguían reflejando esa distancia y frialdad. Ella quería borrarlas, recuperar al hombre cálido que conocía y amaba. Sin embargo, él parecía dispuesto a mantenerse alejado.

–Debería ducharme. Una ducha sin mirones...

Él esbozó una sonrisa provocativa y ella pudo vislumbrar a Ethan otra vez.

–No garantizo nada...

–Tengo que afeitarme las piernas.

–Es una jugada rastrera, pero no me disuade.

–¿Qué puedo hacer contigo?

A él se le veló la mirada y se quedó inexpresivo.

–Yo podría preguntarte lo mismo.

El vestido debería haber sido ilegal y se arrepentía de haberlo elegido. Era sexy a más no poder y eso fue lo que se propuso en su momento. Todo aquello tenía un propósito. En ese momento se arrepentía de todo el asunto o, al menos, de la parte que le afectaba a Noelle, pero ya no podía echarse atrás. Por eso había entrado Noelle en su vida, por eso se había casado con ella. Estaba permitiendo que se embrollara con sentimientos y con cosas improcedentes. Tenía que concentrarse en el premio y esa era la noche. Conseguiría lo que quería, lo que se merecía. Esa noche era el motivo para haber ido a Las Vegas y no se lo había dicho a ella. Era un canalla.

–Es un poco corto, ¿no? –preguntó ella bajándose el borde del vestido.

–En absoluto –contestó él pulsando el botón del ascensor que los llevaría a ese sitio tan selecto–. Pareces una mujer famosa, joven e impresionante, la mujer que me conquistaría para casarme en Las Vegas sin pensármelo dos veces.

–Se trata de eso, ¿no?

–Ya lo sabes.

Él volvió a pulsar el botón como si así fuese a conseguir que todo se acelerara y la noche pasara más deprisa, como si así fuera a sacar a Noelle de su vida y a volver a llevar una vida normal. Pasó por alto la opresión que sintió en el pecho.

–Sí –reconoció ella en voz baja–, lo sé.

No pareció muy contenta. No debería importarle, pero le importó. ¿Por qué no era solo una mujer hermosa? ¿Por qué era mucho más y conseguía que pensara en otras cosas y dudara de lo que estaba a punto de hacer cuando era parte del plan desde el primer momento? Se abrieron las puertas del ascensor y se puso en tensión, como si ya no cupiera dentro de sí mismo. Se sentía muy mal... y muy bien. Eso era lo que le daba miedo. Al lado de Noelle se sentía mejor que nunca. Le tomó la mano y salieron del ascensor. Intentó no hacer caso a la sensación abrasadora que le llegaba desde la mano al corazón.

El vestíbulo que llevaba a la sala era largo y estrecho, con las paredes oscuras y una alfombra roja que hacía que los clientes del casino se sintieran como personas famosas. Algunas cosas no le gustaban, eran más propias de su padre, pero daban dinero y no se trataba de su gusto. Tendría que acostumbrarse a conservar ciertos detalles de su padre. Volvió a mirarla antes de abrir la puerta de la sala. Era perfecta. Rubia, esbelta y muy bien maquillada. Los anillos, el de la boda y el de compromiso, resplandecían en su mano. Era el ejemplo perfecto de esposa que se exhibía como un trofeo. Le disgustó pensar eso de ella, eran colaboradores, pero esa noche representaría el papel de esposa trofeo.

–¿Preparada?

–Claro –contestó ella con una sonrisa.

Abrió la puerta y pasaron a una sala enorme, deslumbrante y llena de dorados. Estaba repleta de parejas, de hombres con mujeres que los adulaban, de personas que utilizaban a otras personas para conseguir dinero o sexo. Ese tipo de existencia frívola a la que parecía aspirar su familia, a la que aspiraba él. Excepto que él quería otra cosa.

Echó una ojeada por las mesas de juego y vio a su padre en un rincón con una rubia del brazo, que tendría, más o menos, la edad de Noelle.

–Por aquí.

Tomó a Noelle de la mano y se abrió paso entre el gentío. Damien apartó la mirada de su acompañante, pero no cambió de expresión cuando vio a su hijo.

–Ethan, ¿qué te trae por aquí?

Noelle miró a Ethan con desconcierto. No sabía que su padre fuese a estar allí, que la representación estaba preparada para él. Ella sabía que buscaba venganza, pero no le había contado el papel que tenía.

–Noelle y yo hemos decidido fugarnos... y casarnos –Ethan le mostró la mano con los anillos–. Supongo que la conoces, es Noelle Birch.

Su padre se quedó pálido, pero no cambió de expresión. Él notó que Noelle se ponía rígida, pero no dijo nada. La miró fugazmente, aunque pudo ver que tenía la mirada perdida.

–¿Por qué has venido esta noche, Ethan? –le preguntó Damien en un tono que indicaba que lo sabía y no le gustaba.

–Para comunicarte que el abuelo va a poner Grey's a mi nombre. Solo necesitaba una esposa para demostrar que soy más estable que tú. Además, estaba deseando cedérmelo directamente.

–No has podido...

–Sí he podido –le interrumpió Ethan acariciándole la mejilla a Noelle, que estaba gélida–. Ahora, tengo tu empresa. También he conseguido casarme con una de las mujeres Birch. Tiene gracia las vueltas que da la vida. En esencia, tengo todo lo que tú deseaste siempre.

Deseó poder cortarse la lengua en cuanto dijo esas palabras. Nunca había pensado en tratar a Noelle como una posesión... ¿o sí? No solo para hacerle daño a su padre, sino para rebajarla de alguna manera porque no podía dominar lo que sentía por ella. Sin embargo, no había arreglado nada. Al contrario. Podía notar que se había roto el lazo que habían creado y que eso no lo había aliviado, sino que le dolía como si le hubieran amputado un miembro.

–¿Qué esperas conseguir con esto, Ethan? –le preguntó Damien separándose de su acompañante–. ¿Quieres demostrar que eres un hombre íntegro aunque estés ahí con una conquista imponente? No eres distinto, no eres mejor, eres como yo. Lo has sido y lo serás siempre.

Ethan tragó saliva, era como él.

–Aun así, soy el que saldrá de aquí como vencedor.

Era mentira, una triste mentira. Agarró la mano de Noelle con fuerza, se dio la vuelta y se dirigió hacia la puerta. Noelle se soltó la mano y siguió por delante. Estaba pálida y con una expresión gélida que no delataba el más mínimo sentimiento. Sin embargo, él lo notaba en sus entrañas. Abrió la puerta, salió al pasillo y la siguió con los ojos clavados en ella. Se montaron en el ascensor y no dijeron nada hasta que se cerraron las puertas.

–¿Por qué me has hecho esto?

–No te he hecho nada. Es una representación, Noelle –contestó él liberando la tensión–. Lo ha sido desde el primer día y lo has sabido siempre. Lo que le he dicho a mi padre ha sido parte del guion. Quería que viera que hago bien las cosas y salgo airoso.

–¡Pero no lo has hecho bien! Has mentido. Has hecho trampa.

–Es posible, pero no soy como él y alguien tenía que hacer que pagara.

–Has intentado ser un héroe para tu madre.

–Alguien tenía que serlo.

–Tal vez, pero no podías... –ella lo miró sin disimular sus sentimientos– no podías haber dicho nada más hiriente. No habría sido peor si me hubieses llamado tu ramera de lujo. Es lo que has dicho que soy para ti. Me has rebajado a nada más que mi nombre, a una más de tus adquisiciones.

La furia consigo mismo le bullía por dentro y estaba consumiéndolo, pero podía asimilar esa furia mucho más fácilmente que el aterrador sentimiento que intentaba abrirse paso.

–¿Acaso no soy lo mismo para ti, Noelle? ¿Por qué iniciamos esta relación? Porque yo podía devolverte esa ruina que llamas tu casa, porque podías utilizarme para volver a ver tu foto en los periódicos, para volver a tu pedestal, para no ser la doncella malherida. Lo has conseguido.

–Es posible, pero yo no te he paseado por una habitación y te he tratado como a un objeto, como un medio para conseguir un fin. Ni tú lo habías hecho conmigo hasta esta noche.

–Sabes que todo, todo lo que hay entre nosotros, nuestro pacto, iba dirigido a esta noche.

–Sí. Hicimos un pacto al principio y lo he cumplido. Además, sabía que ir de tu brazo era parte de ese pacto, pero ahora me conoces, sabes lo que me hizo mi madre, cómo me utilizó. Creí que eso podría cambiar algo.

–No puede.

Ella bajó la mirada. Parecía triste y cansada. Quiso abrazarla, pero era el motivo de su sufrimiento y le parecía cruel querer ser también su consuelo.

–Muy bien –dijo ella–. Lo has conseguido. Ya está.

Se abrieron las puertas del ascensor, pero ninguno se movió durante un momento. A ella le dolía cada latido del corazón. Cuando llegaron a la suite, el silencio era como algo físico entre ellos.

–Supongo que me iré a una habitación para mí sola.

–Ni hablar –gruñó él.

La abrazó y la besó con avidez, con toda la rabia y frustración que ella sentía por dentro. Tenía el sabor de su propia tristeza, como las cenizas de un corazón destrozado. Ella entregó lo que recibió porque él no podía hacerle daño y marcharse sin más. Tenía que sentir algo porque, a ella, respirar la desgarraba por dentro. Introdujo los dedos entre su pelo con la esperanza de que él sintiera el mismo dolor, deseo y desesperación. Él separó un poco la boca para besarla por el cuello dejándole un rastro ardiente.

–Ethan, por favor...

No le importaba lo que pasara al día siguiente o a la hora siguiente. Lo necesitaba en ese momento. Se levantó ese vestido absurdo que le había comprado para que pareciera su trofeo.

–Di mi nombre –le pidió ella mientras le desabrochaba el cinturón y el pantalón–. Necesito saber que te importa.

–Noelle –susurró él con la voz ronca.

Él le bajó las bragas mientras la tumbaba en la cama con las piernas colgando del borde. Se arrodilló y se bajó los pantalones y los calzoncillos, pero no se los quitó del todo porque no había tiempo y nunca lo habría. Ella le rodeó la espalda con una pierna y lo atrajo hacia sí. Entró a la primera y ella lo rodeó con las dos piernas para deleitarse con ese momento, con esa unión, porque nada tenía sentido. Ni lo que ella sentía por él ni lo que él parecía sentir por ella... o no sentir. Eso, al menos, era sincero, no era una farsa. Le acarició la mejilla y lo miró a los ojos. Tenía el cuello en tensión, la respiración entrecortada y el corazón desbocado.

Cada vez que entraba, quería sentirlo más profundamente y durante más tiempo. Lo agarró de los hombros y le clavó las uñas en la espalda. Él la agarró de las caderas. El placer estaba deslumbrándola como nunca, pero era secundario en comparación con la unión que se había forjado con cada movimiento y cada vez que respiraban. Él era parte de ella, se llevaba parte de ella y le devolvía más entidad, como las olas con la arena. Intentó contener el clímax porque sería el final, lo sabía con cada célula de su cuerpo, pero la atenazó. Alcanzó la cima del placer mientras él la acompañaba en un silencio solo roto por los jadeos roncos.

Se retiró de su cuerpo, pero se quedó de rodillas y apoyado en los brazos. Noelle parpadeó y se apartó el pelo de la cara con las manos temblorosas. Estaba temblando por dentro y por fuera.

Se puso de costado para intentar poner una distancia entre ellos, para intentar encontrar la manera de librarse del dolor que le atenazaba el pecho, para alejar el recuerdo del placer y de la cercanía que acababan de compartir. Miró a Ethan. Nunca había amado a nadie como lo amaba a él. Nunca había necesitado a nadie como lo necesitaba a él. Además, sabía que no podía hacerse eso. No podía seguir amando a personas que no la amaban, no podía seguir entregándose a personas que iban a abandonarla. Le había costado mucho perder a su madre y a su profesor de piano, pero si llegaba a creer que Ethan la amaría y se quedaría, no sabía si podría sobrevivir. Tenía que marcharse mientras le quedara algo de fuerza. Se levantó de la cama, fue hasta su maleta, sacó unos vaqueros que seguían allí y se los puso debajo del vestido.

–Noelle, quédate –le pidió Ethan con la voz ronca.

Ella negó con la cabeza.

–Quédate –insistió él con más vehemencia.

–No puedo.

–¿Por qué?

–El fin de semana que viene tengo una audición y no he practicado mientras estaba aquí.

–Puedes trabajar con tu música.

No fue una pregunta ni una acusación. Fue la constatación de un hecho y nada más.

Lo miró. Seguía de rodillas delante de la cama y lo que más le habría gustado habría sido arrodillarse también y besarlo, pero no lo hizo, no podía hacerlo.

–Me gustaría que te quedaras.

Ella sintió una opresión en el pecho y temió que le estallara el corazón.

–No puedo, Ethan. Esto –Noelle señaló alrededor–... está muy bien para unos días, pero no es mi vida. Mi vida es mi música. Es lo que necesito.

–Toma mi avión.

–No, ya encontraré algo...

–Tómalo, maldita sea, Noelle –él se levantó, se subió los pantalones, sacó el móvil y marcó un número–. Que preparen el avión. La señora Grey tiene que volver a Nueva York.

–No hacía falta...

–Sí hacía falta. Sigues siendo mi esposa y seguirás siéndolo hasta que se seque la tinta del contrato que mandará mi abuelo. No lo olvides.

No, no podía olvidar por qué se habían casado. No era por amor, al menos, por parte de él.

–No lo olvidaré.

Ella agarró el bolso de la mesilla y dejó todo lo demás, no lo necesitaba. Solo quería librarse de esa espantosa sensación de tristeza que la dominaba.

–Él estaba equivocado –dijo ella con la voz quebrada–. No eres como él. Eres como tu madre, eres como era yo cuando nos conocimos. Crees que vas a arreglar algo con la venganza, con quedarte con los hoteles Grey's. Como yo creí que arreglaría algo dentro de mí si recuperaba mi profesión. Pero no, Ethan, no se trata de cosas, sino de gente, del amor. Si no lo encuentras, nunca serás feliz y nada será suficiente.

Ethan la miró mientras salía de la habitación. Noelle cerró la puerta y él se quedó mirándola esperando que volviera. Era un necio. Había creído que si conseguía que su padre pagara por lo que había hecho, él sería digno de algo, que tendría más virtudes si se quedaba con el legado de la familia Grey. El niño al que no habían hecho caso las dos personas que deberían haberlo amado había dedicado años a eso con la esperanza de que hubiera significado algo, con la esperanza de que la venganza le hubiese demostrado que era un hombre mejor, más inteligente. Ya tenía la empresa familiar y todo seguía igual. No era mejor, no había arreglado nada, toda su vida estaba hecha añicos y había perdido a Noelle. Había logrado todo lo que había soñado. Tenía miles de millones de dólares y era famoso, pero, aun así, ella se había marchado. Había dependido de ese momento, de triunfar sobre su padre y de que eso le hubiese llenado el vacío que lo corroía por dentro. Quizá, porque su éxito nunca le había impresionado a su padre ni había conseguido que su madre lo quisiera.

En cualquier caso, lo había hecho y, de paso, había aumentado su poder y su cuenta corriente. También había confirmado todo lo que había temido siempre, que por mucho que quisiera reprochárselo a otros, el problema estaba en él. La venganza era algo vacío y tener más hoteles no aportaba nada. Noelle tenía razón. La cantidad de posesiones materiales no cambiaba nada. Nunca tendría suficiente y su amor nunca sería suficiente. Además, amaba a Noelle por mucho que ese día hubiera intentado negárselo, por mucho que hubiese intentado distanciarse de ella en la sala de juegos. La amaba aunque ella se hubiera marchado cuando él le había pedido que se quedara. Además, él había permitido que se marchara porque le daba miedo que lo hubiese rechazado aunque le hubiese dicho por qué quería que se quedara.

Capítulo 13

NO ERA el número que había soñado ver en la pantalla del móvil, pero tampoco era un mal número. Era el de Jacques y seguramente la llamaría por la audición de la semana anterior. Casi había perdido toda esperanza, pero estaba llamándola y podían ser buenas noticias. Miró el reloj y la fila de gente que salía por la puerta. No era un buen momento para tomarse un descanso y, además, tendría que pedirle permiso a su supervisor. Así era su trabajo en la barra de la cafetería. Tenía un empleo y estaba aprendiéndolo mucho más deprisa de lo que había podido imaginarse. Además, podía hacer sus propios cafés con nata, algo que le gustaba porque Ethan no iba a comprarle uno. Era un paso pequeño en el camino de la independencia, pero era un paso que no se habría atrevido a dar antes de que Ethan entrara en su vida. Aquel trabajo absurdo de introducir datos la había ayudado mucho y Ethan siempre la había tratado como si fuera inteligente y hermosa, pero no con la hermosura de la que hablaban otras personas. Él lo decía como si viese algo más profundo, algo que ella no había visto hasta que él se lo enseñó.

Noelle dejó que el café molido cayera en el filtro. Lo metió en la máquina y apretó el botón cerciorándose de que la bebida tenía el color adecuado. Ese trabajo también tenía su arte y le gustaba que la gente sonriera. Daría cualquier cosa por volver a subir a un escenario, pero le gustaba tener algo que hacer.

–Noelle.

Ella miró a David, su compañero de trabajo que tomaba los pedidos.

–Un café poco cargado y sin espuma.

–Marchando.

Puso la jarra de leche debajo de la salida de vapor y estuvo a punto de soltar una carcajada por el contraste con el lujo deslumbrante de Las Vegas. ¿Solo habían pasado dos semanas desde que estuvo con Ethan y lo acarició? Entonces, ¿por qué le abrasaba la piel todavía y le dolía aún el corazón de esa manera? ¿Volvería a sentirse bien alguna vez? Apretó los dientes para aguantar, algo que había hecho infinidad de veces durante los últimos catorce días, para no hundirse. Sin embargo, no estaba hundiéndose, estaba... viviendo.

Una diferencia considerable entre haber perdido a su madre y haber perdido a Ethan era que él no la había destrozado. La había ayudado a levantarse, era más fuerte gracias a él aunque él también la había dejado con el corazón maltrecho. En realidad, lo había dejado ella, pero porque tuvo que hacerlo, porque algún día, no muy lejano, él se habría marchado al tener Grey's en su poder. Le había enseñado a querer algo más que la fama y la admiración superficial, pero, al parecer, él no quería nada más que lo que estaba en la superficie.

Empezaba a preguntarse si debería haber aprovechado todo lo que él podía darle. Algunos días le parecía que el dolor no podía ser mayor y que quizá hubiese sido preferible aceptar una cama con Ethan dentro que la cama fría y enorme de su mansión, una mansión decrépita, pero que, al menos, era suya. Ethan ya le había mandado los documentos y estaba completamente pagada. Además, a todos los efectos, seguían casados. Nadie se había fijado en que sus caminos no se habían cruzado desde hacía dos semanas. También había hecho otra cosa. Había puesto la casa en venta. Pronto podría mudarse a un sitio más pequeño en la ciudad o cerca de ella.

–Señor, me temo que tendrá que ponerse en la fila.

Un improperio dicho en un conocido acento australiano respondió a la exigencia de David. Ella levantó la mirada y creyó que iba a derretirse.

–Ethan...

–¿Trabajas aquí? –preguntó él.

No tenía buen aspecto, parecía como si no hubiese dormido desde hacía dos semanas.

–Sí, claro. Si no trabajara aquí, no podría estar a este lado de la barra.

–Claro... Claro...

–¿Tienes algo que decir?

–Tengo muchas cosas que decir desde hace mucho tiempo, pero te largaste y me dejaste.

La gente, David entre ellos, los miraba fijamente.

–¿Puedo tomarme un descanso? –preguntó ella sin dejar de mirar a Ethan.

–Te lo ruego –contestó David.

Ella se quitó el mandil y la cinta del pelo, que le cayó sobre los hombros, y salió de la barra.

–¿Qué?

–Afuera –dijo Ethan.

–De acuerdo, pero no tengo mucho tiempo. Jacques me ha llamado y, si me tomo un descanso, debería llamarlo.

–Ah, Jacques...

–Sobre la audición.

–Claro –Ethan le abrió la puerta de la cafetería y salieron a la acera–. ¿Qué tal te salió?

–Él dijo que era un poco... oscura, que quería oír algo más resplandeciente de mí, pero yo le dije que tendría que ser otro día.

–¿Por qué?

–Porque no me sentía resplandeciente.

–¿Sabes por qué? –preguntó él con la voz ronca.

–Sabes muy bien por qué, Ethan Grey. ¿Qué haces aquí? ¿Necesitas a tu esposa trofeo para algo? ¿No le has clavado el puñal lo suficiente a tu padre?

–No. No necesito ningún trofeo. Te quiero a ti. Nunca fuiste un objeto para mí y me porté... repugnantemente. Además, tienes razón. Fue lo peor que podía haber hecho.

–Entonces...

–Tenías razón. Quería Grey's para darme alguna importancia, para tener una satisfacción y una meta que creía no tener –Ethan tomó aliento–. Le dije a mi abuelo que no quiero los hoteles.

–Pero tu padre...

–Puede quedárselos. La venganza es algo vacío, Noelle, vano. Era por mí mismo. Creí que era por mi madre, pero no lo fue nunca. Estaba tan obstinado en culpar a mi padre, en encontrar la manera de que todo girara alrededor de él, que no me reconocía que yo no era suficiente para ella... ni para él.

–Ethan...

–Yo no era tan importante como el trabajo de ella ni como su matrimonio. Algunas veces me dijo que le gustaría no haber tenido un hijo. Yo tuve la culpa de que mi padre no la amara. Aquel día... Si yo no hubiera culpado a mi padre...

–No puedes reprochártelo, Ethan. Eras un niño.

–Un niño al que sus padres no miraban. Sé que hay algo irreparable en mí, Noelle, pero... te quiero aunque lo haya estropeado todo, aunque deberías rechazarme y buscarte un hombre que no esté tan malherido como yo. Te quiero.

–Entonces, ¿por qué...? –ella se atragantó–. ¿Por qué no me lo dijiste antes de que me marchara?

–Porque creí que si no me querías aunque consiguiera más dinero y poder, no podría decir nada que cambiara eso.

–Eres un majadero. ¿Creíste que te querría si tenías más dinero?

La cara de asombro de él habría sido cómica si ella no sintiera un agujero en el pecho.

–Nunca fue por ti, Noelle. Fue por mí. Mi madre fue tan desdichada criándome que intentó suicidarse. Mi padre nunca consideró que yo tuviera alguna virtud. ¿Por qué ibas a ser distinta? No porque no fueses maravillosa, sino porque no consigo ganarme el amor de la gente que me rodea. Nunca lo había pedido, hasta ahora. Te lo pido y me pondré de rodillas si hace falta. Quiero que me ames.

La idea de que él, tan orgulloso y poderoso, estuviera dispuesto a ponerse de rodillas delante de ella la desarmó y notó dos lágrimas en las mejillas.

–Te amo, Ethan. Te he... amado desde... hace mucho tiempo, pero creí que no querías amor.

–No lo quería y, en parte, por eso me porté así en el casino. Intenté obligarme a volver a considerarlo un asunto comercial, pero no pude y... tampoco quiero. El amor es doloroso y me he llevado una buena ración durante las dos semanas pasadas, pero he decidido que compensa porque aunque nunca lo había pasado tan mal, tampoco me había sentido tan vivo como gracias a ti. Y todo, porque te amo.

–Eso no puede estar bien –replicó ella sacudiendo la cabeza.

–¿No...?

–No. Consigues que me sienta como si pudiera hacer cualquier cosa. Nunca intentaste coartarme o decirme que no podía. Conseguiste que quisiera intentar vivir otra vez. Me... asusté tanto que salí corriendo por lo que hiciste que sintiera. Sin embargo, no quiero correr, quiero quedarme aquí contigo.

–¿Aquí? –preguntó él mirando alrededor.

–Ya sabes lo que quiero decir.

Él la besó y ella sintió una calidez que hizo que el corazón le latiera otra vez.

–Quiero pedirte que te cases conmigo.

–¡Pues hazlo! –exclamó ella.

–No quiero interferir en tu profesión, en tus giras.

–Volver a tocar... Quiero volver a tocar, pero soy mucho más que una intérprete de piano y lo que la gente opina de mí. Soy yo y tú me ayudaste a entender lo que significa eso. Quiero estar contigo. Si la música encaja, estaré encantada de tocar, pero no lo es todo para mí, no me define y eso da mucha libertad.

–Entonces, Noelle, ¿te casarás conmigo?

–Ya estoy casada contigo.

–Sí, pero esta vez lo haremos en otro sitio, no en Las Vegas.

–A mí me gustó nuestra boda.

–Entonces, ¿seguirás casada conmigo para siempre?

–Sí.

–Gracias, Noelle, por amarme.

Ella se puso de puntillas y lo besó, pasándole la lengua por los labios.

–No me cuesta mucho, Ethan. Eres exactamente lo que necesito, más que suficiente para cualquiera y perfecto para mí. Aunque recuperara toda la fama, la adoración de millones de personas no significaría tanto como tener tu amor.

Epílogo

LE ENCANTABA que tocara el piano vestida de rojo. Estaba seguro de que lo hacía para provocarlo... y siempre daba resultado. La chispa de su matrimonio no había perdido intensidad después de dos años. Si acaso, ardía con más fuerza que nunca.

Ethan estaba en la primera fila de la sala de conciertos mientras Noelle tocaba el piano de cola. La sala estaba llena de gente que había acudido a escuchar su música y él se sintió rebosante de orgullo. Llevaba un tiempo tocando periódicamente en teatros de la Costa Este gracias a que había recuperado el prestigio después de haber tocado en la orquesta de Jacques, pero ya tocaba su música y en las condiciones que quería. No tocaba en salas de conciertos de fama mundial, como hizo una vez, pero no lo había lamentado ni por un momento. Ethan abrió el programa que le había dado Noelle y se encontró una nota escrita por ella.

Esta noche voy a tocar una canción muy especial, la que empecé en Australia hace unos años. Ya sé cómo acaba. ¿Y tú? Felizmente.

Ethan sintió un nudo en la garganta y miró al escenario, a la mujer que amaba. Ella también lo miró con un brillo en los ojos y sin dejar de tocar. Luego, después de la actuación y de haberle agradecido todo lo que ella le había mostrado a él, tendría que recordarle todas las demás cosas que él le había enseñado a ella. También le agradecería que hubiera llevado el amor a su vida porque no había fama ni dinero que pudiera compararse con el amor que sentían. Esas cosas podían perderse fácilmente y los dos lo sabían muy bien. Sin embargo, su amor sería eterno.